デュラララ!! 10

『北海道《ほっかいどう》勤務、あるOL同士の会話』


「本当だってば！　私、マジでさ、カラーギャングっていうの？　あれが生まれる瞬間《しゅんかん》に立ち会った事があるんだから。池袋《いけぶくろ》の、ダラーズっていうカラーギャング」

「また変なこと言って。チャコ、東京《とうきょう》どころか北海道以外の場所に修学旅行以外で出た事ないって言ってたじゃん。なんで池袋なのよ」

「そりゃそうだけどさ。そういうの関係ないのマジで。私さ、自分が中学生だってウソついて、小さなチャットルームに参加してたんだけどさ、その最中にカラーギャングの話題がたまたま出て、誰かが『架空《かくう》のカラーギャングを作って遊ぼう』とか言いだしたのね、マジでマジで」

「それで？」

「最初はネットだけで、そのカラーギャングを見たー、とか、カラーギャングのメンバーだーとか言って、そういう方面の人達が集まる掲示板《けいじばん》とか東京の情報が集まる掲示板とかに書き込んで遊んでただけだったの。でもさ……暫《しばら》くしてから、本当に、私達と関係無いところでダラーズの話が出るようになり始めたの！　マジで！」


（5分後）

「で、チャコは怖《こわ》くなってチャットルームから逃げたんだ？　面白《おもしろ》そうだからもうちょっと関わってれば良かったのに。どうせ東京の話なんだし」

「うん、私も最初はそうだったんだけど……なんか怖《こわ》くなってさ」

「警察に捕《つか》まるかもしれないとか？　あ、分かった、そのカラーギャングが何か実際に事件を起こして人を殺したりしたら、自分にも責任があるんじゃないかって、そういう怖さ？」

「ううん。そういうんでもなくて……私が怖かったのは、そのチャットルームにいた奴なの、、、、、、、、、」

「？」

「凄《すご》い純粋っていうか……一途《いちず》っていうか……マジでキモいっていうか……必死になってさ、そのカラーギャングを守ろうとしてる奴《やつ》が一人だけ居てさ、なんていうのかな……。ちょっと、こっちが変な宗教に勧誘《かんゆう》されてる気分だった。一見するとまともなんだけどね、マジで」

「あー、たまにいるよね、普段はまともそうなブログなのに、時々『あ、こいつヤッベ』って感じの日記とか書いちゃう奴」

「マジでそんな感じ！　オフでどんな奴かは知らないけど、ネットにまだいると思うよマジで」

「えーっと……。山田《やまだ》一郎《いちろう》だか田中《たなか》太郎《たろう》だか、そういうハンドルネームだったと思うけど」

間章 負け犬

Ryuchao Narita

DRRR!!

——俺《おれ》は、どこで間違えた？
青年は何度も自問自答するが、答えは出ない。

彼は——ほんの数時間前まで、小さなコミュニティの『王』を気取る存在だった。
正確には、存在しない王の威を借る狐といった立ち位置だったのだが——僅《わず》か数時間前、彼の世界の全《すべ》てが覆《くつがえ》されたのだ。

青年の名は四十万博人《しじまひろと》。
とある大学に通いながら、ドラッグ売買組織の幹部を務めていた青年だ。
もっとも、この日を境に、彼の現在の肩書《かたが》きは二つ増える事になったのだが。
一つは、『ダラーズ』というカラーギャングの新参メンバー。
もう一つは、負け犬だ。

『アンフィスバエナ』という闇賭博《やみとばく》の組織を乗っ取ろうとした彼は、折原臨也《おりはらいざや》という情報屋を利用する事を考えた。

だが、結果として返り討《う》ちに遭《あ》い、彼は負け犬となったのだ。

その事実を噛《か》みしめ、博人《ひろと》は自らの拳《こぶし》を強く握《にぎ》る。

爪《つめ》を自らの手に食い込ませ、世界を壊《こわ》せぬ代わりに自らを壊そうとした。そんな事に何の意味もないと知りつつも、自分自身の衝動《しょうどう》を止める事ができない。

だが、彼の握力《あくりょく》では爪と皮を僅《わず》かに削《けず》り合わせる事しかできず、手の平と指先から少量ずつ出血させるのがせいぜいだった。

何をどうすれば良いのかも解《わか》らぬまま、憎《にく》しみと恐怖《きょうふ》に脳髄《のうずい》を侵《おか》される博人。

——俺《おれ》は、折原臨也に負けたのか？

——いや。違う。そんなんじゃない。

——あの、赤い目をした連中……なんなんだ、あれは。

折原臨也に手玉に取られ、組織ごと『ダラーズ』に呑《の》み込まれた際、彼は明らかに常識を超えた『何か』を目にした。

それが何なのか考えるヒマも与えられず、自分もその『何か』と関係してしまった。同時に、折原臨也という情報屋に自分の生命線を全《すべ》て握《にぎ》られてしまっている状況だ。

逃げる事もできないまま、彼が辿《たど》り着いたのは――池袋《いけぶくろ》から少し離れた場所にある実家だった。高級住宅地の一画にあるその豪邸《ごうてい》は、彼の家の経済力を示すには充分《じゅうぶん》で、自分が住んでいた頃から欠片《かけら》も変わらぬ様子を見て、博人は僅《わず》かに安堵《あんど》する。

――そうだ、親父《おやじ》だ。

――親父や爺《じい》さんなら、なんとかしてくれるんじゃないか？

――薬《やく》の事はドヤされるだろうが、それももみ消してくれるだろう。

――爺さんなら、国会議員にもコネがある。横井《よこい》とかいう奴《やつ》だったかな。

――そうだ。権力だ。

――あの赤い眼《め》をした奴らがどんな不気味《ぶきみ》な連中かは知らないが、表《おもて》だって出てきてないって事は、権力って観点では弱い筈《はず》だ。

普段の冷静な彼ならば、頭の悪い結論だと斬《き》り捨てるだろうが、今の四十万《しじま》博人にとっては、地獄《じごく》の中で唯一《ゆいいつ》すがり付ける蜘蛛《くも》の糸のようなものだった。

――そうだ、俺はまだ、負けてなんかいない。

――ここからだ、奴の裏をかいて、逆に俺が巻き返す。

――親父達には泥《どろ》を被《かぶ》って貰《もら》うが、仕方ないよな？

――俺が捕《つか》まれば、親父達もヤバイ事になるんだろうからな。

もはや、自分の家族すらも利用すべき道具の一つと考えた彼は、躊躇《ためら》いなく玄関《げんかん》へと足を踏《ふ》み入れる。

靴《くつ》がいくつかあり、来客がある事が予想できたが、構わず廊下《ろうか》に足を踏《ふ》み出した。

客間から声が聞こえる。どうやら父親も祖父も揃《そろ》っているようだ。

だが、一体誰と話しているのだろうか？

それを考えた瞬間《しゅんかん》、ふと、背筋《せすじ》に寒いものが走る。

——まさか、折原臨也《おりはらいざや》がいたりしないよな……？

最悪のケースとして、折原臨也が自分の親族を権力ごと取り込もうとしている事を考えた。

家族の目が赤く染まっている所を想像し、背骨が軋《きし》むような強い不安に囚《とら》われる博人《ひろと》。

だが、それはありえない、ありえない筈《はず》だと自分に言い聞かせ、客間の扉《とびら》を勢い良く開ける。

すると、そこには臨也の姿などなく、まともな格好をした客人達が座っているだけだった。

安堵《あんど》の息を漏《も》らす博人に、父が驚《おどろ》いたように言う。

「博人じゃないか、どうしたんだ。連絡《れんらく》もなく急に帰ってくるなんて」

「あ……いや、ちょっと顔が見たくなってさ」

客人の前では事情を話すわけにはいかないだろうと、博人はその場しのぎの言葉を吐《は》く。

「そうか、まあ、とりあえず挨拶《あいさつ》しなさい」

そして、父は愛想笑《あいそわら》いを浮かべながら、博人を客人達に紹介《しょうかい》する。

「愚息《ぐそく》の博人です。澱切さん」

――澱切《よどぎり》？

どこかで聞いたことがあるような名前だ。

父か祖父の取引相手だろうか？

そんな事を考えながら父に目を向けると、妙《みよう》な違和感が脳裏に走る。

権力者である筈《はず》の父と祖父が愛想笑いを浮かべている所を見ると、客人も相当の権力者なのだろう。だが、二人とも、目には愛想笑いとは全く異なる感情の色を浮かべていた。

不安、怯《おび》え、そして恐怖《きようふ》。

まるで、つい先刻までの――あの、折原臨也達にまんまとカタにハメられた瞬間《しゆんかん》の自分と同じ目をしているのではないだろうか？

一体、この澱切という客人は何者なのだ？

疑問に思いつつ、博人が客人の方に目を向けると――こちらが挨拶をするよりも先に、客人の方が頭を下げて口を開いた。

「やあ、君の事は良く知っていますよ、四十万《しじま》博人君」

客人は二人。初対面の老人と、その付き人と思《おぼ》しき背広姿の若い女性だ。

話しかけてきたのは老人の方で、女の方は鋭《するど》い目つきで沈黙《ちんもく》したままこちらを見ている。

「私は澱切、こちらの無愛想《ぶあいそ》な秘書は鯨木《くじらぎ》と言ってね」

　何故《なぜ》自分の名前を知っているのかという疑問に答えるように、老人は柔《やわ》らかい笑顔で語り出した。

「いや、何、私も色々と人脈は広げてきたつもりですが、まさか四十万《しじま》戯一郎《ぎいちろう》氏のお孫さんが、私の為《ため》に働いてくれているとは思いませんでした」

「は、はあ……」

「？」

「ああ失敬。働いていた、と言っても、私が君を陰から操《あやつ》っていたとかそういうんじゃないんです。博人《ひろと》君のしてきた事が、結果として、私の為になったという事でして」

「あの、僕《ぼく》には……いや、私にはなんの話だか……」

　混乱する博人の言葉を遮《さえぎ》るように、老人は優しい声を部屋の中に押し通す。

「折原臨也《おりはらいざや》さん……でしたっけ？」

「⁉」

「私の人脈の届く範囲で彼に関わった人は何人もいるんですが、今日のような、、、、、、形で内部に食い込んだ人間は、君ぐらいのものでしたから」

　──なんで、あいつの名前が。

　──……。　あ？

　──え、あ……いやいやいや！　なんだそりゃ⁉

一瞬《いっしゅん》だけ頭が空白になった直後、更《さら》なる混乱に囚《とら》われる博人に、澱切《よどぎり》は尚《なお》も語り続けた。

「君は実に美味《おい》しい立ち位置にいるんですよ、四十万博人君」

「……？」

「折原臨也さんは、君を完全に自分の掌《てのひら》の上に載《の》せたと思っています。そして、君は私の求めるいくつかの『物』の、実に近い所に食い込んだんですよ。そして、君と私が繋《つな》がった。これは素晴《すば》らしい運命だと思いませんか？」

まるで、何かの商品を売ろうとするセールスマンのように、自分のペースを保ちながらこちらを絡《から》め取ろうとしているかのような喋《しゃべ》り方だった。

それ以前に、自分が今置かれている現状を認識しているこの老人は何者なのか？

先刻までとは別種の恐怖《きょうふ》に身を焼かれそうになるが、自分の信じる『力』——この社会に対して強い権力を持つ家族がいる事を思い出し、縋《すが》るように祖父を見る。

すると、その祖父がこちらを向きながら頷《うなず》いた。

「博人」

「じ、爺《じい》ちゃん……」

「お前が今まで何をして来たのか、全《すべ》て聞いた」

頬《ほお》の皺《しわ》を伝う汗《あせ》は、恐《おそ》らく冷や汗だろう。祖父は怯《おび》え混じりの愛想笑《あいそわら》いを浮かべたまま、孫に対して力強く頷いた。

「粟楠会《あわくす》の方は私がなんとかするから、お前が気にする事はない」

「爺《じい》ちゃん！」

──やっぱりすげえ！

──爺さんほどの力があれば、粟楠会でもなんとかなるんだ！

祖父の言葉に、博人《ひろと》は何の疑問もなく安堵《あんど》しかける。祖父さえいれば、この不気味《ぶきみ》な客人も恐《おそ》れる事はないのだと確信する。

だが、彼の祖父に対する確信──確かな信頼は、次の一言で踏《ふ》みにじられた。

「だから、安心して澱切《よどぎり》さんの言う事を聞くんだぞ」

「え……」

「いいな、絶対に、澱切さんの期待《きたい》に応《こた》えるんだぞ！」

命令口調《くちょう》の祖父の声に滲《にじ》むのは、目の前の客人に対する明確な『怖《おそ》れ』。

そして、四十万《しじま》は理解する。

自分は、つい先刻負け犬になったのではないという事を。

もっとずっと昔──もしかしたら、自分が生まれた時から、誰かに対しての負け犬としての人生を決定づけられていたのではないかと。

運命を覆《くつがえ》す気概《きがい》を持たぬ青年は、その結論に異を唱《とな》える事すらできぬまま——

ただ、全《すべ》てを諦《あきら》めた。

そんな青年に対し、澱切はペシリと自分の額《ひたい》を叩《たた》きながら首を振る。

「いやいやいや、そんなに難しく考えないで下さい。博人君には、ただ、いくつかの事をお願いするだけなんですから。今後は、偶然《ぐうぜん》ではなく、必然として私のお手伝いをお願いしたいのですよ。もちろん、謝礼もしますよ？」

「……あの、いや、俺《おれ》、何をすれば……」

カタカタと震《ふる》えながら、相手の素性《すじよう》よりも先に、自分の未来を心配した言葉を紡《つむ》ぐ博人。

「ああ、これは失礼。いえね、私も、前々から興味があったんですよ」

澱切と名乗った老人は、優しい笑みを浮かべたまま、静かに言葉の続きを告げる。

「ダラーズとかいう、実に若々しい、健全な集団にね」

一章　猫も杓子も

八月某日《ぼうじつ》　露西亜寿司《ロシアずし》　座敷《ざしき》テーブル

「で、話ってのはなんだ？」

腕《うで》を組み、首を軽く鳴らしながら門田《かどた》京平《きようへい》が口を開く。

露西亜様式の強い寿司店内で、幾分《いくぶん》和風の割合が強い座敷席。テーブルには門田を含めて四人の若者が座っており、目の前には少々豪勢《ごうせい》な握《にぎ》り寿司のセットが並んでいた。

しかし、仲間同士での楽しい団欒《だんらん》という空気ではなく、区切られた座敷内にそこはかとなく重い空気が立ちこめている。

「……まずは、飯《めし》くっちゃってからにしませんか？」

門田の言葉に応じたのは、対面に座る少年——紀田《きだ》正臣《まさおみ》だ。

狩沢《かりさわ》がコスプレイベントの打ち合わせで抜けている関係上、他《ほか》には遊馬崎《ゆまさき》と渡草《とぐさ》の二人だけしかいないのだが、彼らはとりあえず門田と正臣の会話の様子を見て黙《だま》り込んでいる。

「長い話になりそうなんで。寿司《すし》のネタ乾かしちゃったら、また包丁《ほうちょう》が飛んできますよ」

「……それもそうだな」

門田《かどた》がチラリと横に目を向けると、座敷《ざしき》の柱に深く小さな傷跡《きずあと》が見えた。

かつて、店主のデニスが投げつけた包丁が深々と突《つ》き立った証拠《しょうこ》であるその傷を見て、門田は小さく息を吐《は》き出し、思う。

——あれから、半年も経《た》つか。

その傷がついた時も、門田はこうして正臣《まさおみ》と共に食事をしていた。

狩沢《かりさわ》の不在を除けば、あの時と殆《ほとん》ど同じような状況だが、門田は一つ相違点に気付く。

——あの時とは、違う目をしてやがるな。

正臣の表情からは、以前のような迷いや怯《おび》えの色は無く、まるで別人のようだ。

だが、本来そうした強い気質を持った人間であるという事を門田は知っている。彼が最初に造り上げた『黄巾賊《こうきんぞく》』は、ただのボンクラに創《つく》れるような組織ではなかったからだ。ブルースクウェア時代に何度か衝突《しょうとつ》した事もある門田としても、当時『中学生が主体のチーム』と聞いた時は少なからず耳を疑った。

だが、門田はもう二つほど、彼について知っている。

一つは、紀田《きだ》正臣は、一度完全に心が折れてしまったという事。

二つ目は、折れた心を引きずったまま立ち上がり、更《さら》なる痛手を負ったという事。

その後、姿を眩《くら》ませていたと聞いたが、今、こうして目の前にいるという事は、それなりに心に整理をつけたと考えて良いのだろう。

しかも、彼の目を見る限り、以前より——最初に心が折れる前よりも強い意志が漲《みなぎ》っているようにも感じられた。

門田にとって、人間は単純な木の棒《ぼう》ではない。例えるなら、心は様々な要素が縒《よ》り合わさった太い縄《なわ》だと考えている。折れてしまった木や石の部分はもう元に戻らないかもしれないが、どこかに一本でも、しなやかな蜘蛛《くも》の糸のようなものが折れずに繋《つな》がっていれば、人間はいずれやり直せる。それが父親から受け継《つ》ぐ門田の大まかな人間観だった。

そんな事を考えつつ食事を終え——門田は湯呑《ゆの》みの茶を啜《すす》り、全員の箸《はし》が止まっている事を確認してから再度問う。

「んじゃ、そろそろ本題に入るか」

「……はい」

「長々とした説明とやらは後でいい。まずは、要点だけハッキリ言ってくれ」

凛《りん》とした声に、正臣も僅《わず》かに背筋《せすじ》を伸《の》ばし、膝《ひざ》の上に置いた手を強く握《にぎ》りながら口を開く。

「門田さん達に、折り入ってお願いがあるんです」

「ダラーズを抜けて、うちのチームに……黄巾賊に、手を貸して貰《もら》えませんか」

♂♀

数日後　都内某所《ぼうしょ》　粟楠会《あわくすかい》事務所

一見すると、通常企業のオフィスと思《おぼ》しき空間。

だが、その内部に満ちた緊迫《きんぱく》感が、そこが単なる企業事務所ではないと主張している。

外観こそ都内の中にある一般的なオフィスビルに過ぎないが、その内部は、目出井組《めでいぐみ》系列の任侠《にんきょう》団体、『粟楠会』の事務所となっており、多数の組員達が闊歩《かっぽ》している状態だ。

現在、事務所の緊迫感の元となっているのは、片隅《かたすみ》の接客スペースで向かい合って座る二人の男だった。

「どういう事です、四木《しき》さん」

言葉と共に眉《まゆ》を顰《ひそ》めたのは、爬虫類《はちゅうるい》を思わせる鋭い目つきの男――粟楠会幹部である風本《かざもと》だ。

彼の言葉に答えたのは、風本とは別種の鋭い目を持つ男――同格の幹部である四木は、淡々《たんたん》とした口調《くちょう》で言葉を返す。

「どうもこうもありませんよ、風本さん。澱切《よどぎり》の件は、これ以上追う必要はない、との事です」

「納得いく理由が聞きたい所ですね」

風本を蛇《へび》やワニとするならば、四木はさしずめ鷹《たか》か狼《おおかみ》だろう。そんな例え話が組員達の間で囁《ささや》かれる事もあったが、事務所に居合わせた組員達は、今はそんなことは口にしない。例え二人に聞こえないという確証があったとしても、ただ言葉にするだけで自分の命を無駄《むだ》に縮める予感がしたからだ。

それ程までに緊迫した空気を保ちつつ、二人の男は流暢《りゅうちょう》に言葉を紡《つむ》ぎ合う。

「四十万戯一郎《しじまぎいちろう》。当然名前は御存知《ごぞんじ》ですよね」

「もちろん。うちの島でお医者さんごっこをしてた馬鹿なガキの身内でしょう。そのガキをネタに四十万グループに食い込むって話だったじゃないですか」

「ええ。ところが、その必要が無くなりましてね」

同じ粟楠会の幹部同士でありながら、徹底的《てってい》に他人行儀《ぎょうぎ》に話す二人。まるで、相手との距離を測りつつ腹の内《うち》を探り合っているかのように。

インサイダー取引等を主な収入源とする風本と、非合法スレスレのマルチ商法や賭場《とば》の開帳等を主な収入源とする四木。シノギ《シノギ》自体は被《かぶ》っていないものの、組織内の勢力図において近い立ち位置にいる相手を互いに警戒《けいかい》しているのだろう。

「必要が無くなった？」

「ええ、別件……まさにその瀏切陣内《じんない》の件で、四十万さんから接触《せっしょく》がありましてね。息子《むすこ》さんの件を含めて話があると」

「それで、澱切《よどぎり》の件を不問《ふもん》にしろと？」

「ええ、三億《おく》の金額を提示してきましたよ」

三億という値《ね》に、風本《かざもと》は眉《まゆ》を顰《ひそ》めて問う。

「まさか、それで手打ちに？」

「赤林《あかばやし》さんが無傷だったとはいえ、身内を殺されかけた組長《社長》がそれほど安く済ませると思いますか？　当然、今後とも長い付き合いになる事を第一条件としましたよ。三億は三億で、澱切の件として受け取りましたけどね」

「……で、四十万《しじま》は全部受けたのか？」

「ええ、全《すべ》てこちらの要求を受け入れましたよ。不気味《ぶきみ》な程にね。これから四十万さんの一族とは長い付き合いになりそうです」

トン、とソファの肘《ひじ》置きを人差し指で叩《たた》き、四木《しき》は更《さら》に言葉を続ける。

「ただ……澱切は出資絡《がら》みの恩人と言っていましたが、そんな関係ではないのは明らかです」

「……やはり、ただのタヌキ爺《じじい》ではないという事ですか」

鋭《するど》い目を更《さら》に細める風本に、四木は薄《うす》く笑いながら呟《つぶや》いた。

「どのみち、四十万さんの顔を立てて、ケジメという意味で追うのは中断しましたが……澱切からシノギの匂《にお》いがする以上、別の理由でアンテナは張り続ける。それが社長の判断です」

「つまり、その役目は私から貴方《あなた》が引き継《つ》ぐというわけですか？　四木さん」

声に冷気を含める風本の物言いに、四木は薄《うす》く笑いながら答えを返した。

「なに、美味《おい》しい所だけ取るつもりはありませんよ。シノギになりそうなネタを見つけたら、あとの割り振りは社長と若頭《専務》が決める事ですからね。もっとも、シノギよりも前に、澱切からヤクネタ《厄介ごと》が出てこない事を祈《いの》りますがね」

「葛原夢路《くずはらゆめじ》の一件の時みたいに、ですか」

肩《かた》を竦《すく》めながらニイ、と笑う風本とは対照的に、四木は顔から表情を消す。

「葛原の名前は、我々にとって笑い事じゃありませんよ、風本さん」

「なんせ、彼のせいで黄根《きね》さんはこの組《会社》を破門《クビ》になったんですからね」

♂♀

同時刻　池袋《いけぶくろ》某所《ぼうしょ》
粟楠会《あわくす》の組事務所でそんな話題が出ている頃——東京《とうきょう》の『表側』では、全く別の形で『葛原』の名を口にする者がいた。
「頼みますよ、葛原のお嬢《じょう》さん、何か知ってるネタってありませんかね」

「もー、これ以上しつこいと、公務執行妨害《こうぼう》で所轄《支店》まで引っ張りますよ？」

「ちょッ。一般人を相手に隠語《いんご》を使って脅《おど》かすのは無しにしませんか」

「脅しだと思うなら、とりあえず職務質問《パンかけ》から試してみますか？」

池袋《いけぶくろ》の都心から少し離れた住宅街。交通課のパトカーの横で、違法駐車《ちゅうしゃ》の取り締まりをしている婦警に、一人の中年男性が食い下がっていた。

「いやいやいや、仕事を邪魔《じゃま》する気はないですって！　ただほら、困っている市民の為《ため》に、警察組織に名だたる葛原《くずはら》一族の中で、新進気鋭《きえい》の若手である葛原真珠《まじゅ》さんなら、『ダラーズ』って連中の事について何か知ってるんじゃないかと思いましてね？」

小脇《こわき》に上着を抱《かか》え、古びたハンチング帽《ぼう》を被《かぶ》っている男は、両手にペンと手帳を持ちながら婦警に対して微笑《ほほえ》みかける。

だが、若い婦警は違法駐車の車に処理を終えると、呆《あき》れたように溜息《ためいき》を吐《は》き出し、男に向かって言葉を返した。

「単に親戚《しんせき》に警官が多いってだけですよ。煽《おだ》てても何も出ません」

「いやいや、でも、金筋《警察幹部》も何人かいるんでしょ？　今、来良《らいら》学園に通ってる宗太《そうた》君や、中学生の宗司《そうじ》君も、将来は警官を目指して頑張《がんば》ってるって話じゃないですか。エリートの家系って奴《やつ》ですよ。いやあ羨《うらや》ましい」

「……まだ学生の従兄弟《いとこ》の事まで、なんで知ってるんですか？　ストーカーとして厳重注意受けたいなら、最初からそう言って下さいよ、贄川《にえかわ》さん？」

　表情の温度を下げつつ、淡々《たんたん》と問う婦警に、贄川と呼ばれた男は、慌《あわ》ててペンを握《にぎ》る手を左右に振った。

「あああ、すいません！　そういうんじゃないんですよ！　いや、来良学園の子に取材した時にちらっと耳に挟《はさ》んだだけなんですよ！　ほら、学生さん達にも、ダラーズの事を色々と聞こうと思いまして…」

「変な事にクビを突《つ》っ込み過ぎると、またトラブルに巻き込まれますよ」

「いや、まあ、その節は本当に……」

　贄川周二《しゅうじ》は、東京《とうきょう》都内の出版社に勤める雑誌記者だ。

　以前、酷《ひど》い重傷を負って病院前に投げ出された事があり、彼が刃物を持ち歩いていたらしいという目撃《もくげき》証言などから、当時騒《さわ》がれていた『切り裂《さ》き魔《ま》事件』との関連を疑われた事がある。

　だが、決定的な証拠《しょうこ》はなく、『リッパーナイト』と呼ばれる同時多発切り裂き事件の際は入院していた為《ため》、なんとか起訴は免《まぬか》れ、傷も癒《い》えて現在に至るという状況である。

「それにしたって、贄川さんがその手の雑誌の記者さんだって事は知ってますけど、職務中の婦警に突撃《とつげき》取材ってのは常識から外れすぎてるんじゃないですか？　ダラーズの特集をやった所で、インターネットの情報量には勝てませんよ」

　過去にも取材と称して何度か警察に接触《せっしょく》しようとした事があるせいか、贄川という男はこの若い婦警から歓迎されてはいないようだ。もしかしたら、警察組織そのものからあまり良く思われていないのかもしれない。

だが、彼は尚《なお》も食い下がる。

食い下がらなければならない理由が、彼にはあった。

「違うんです。私がダラーズについて色々聞いて回ってるのは、うちの雑誌とはなんの関係も無い事なんですってば！　ごくごく個人的な問題なんですよ！」

「どういう事です？」

パトカーに戻ろうとする足を止めた真珠《まじゅ》に、贄川《にえかわ》は暫《しば》し目を泳がせた後、自嘲《じちょう》気味な笑いを浮かべて溜息《ためいき》と共に語り出す。

「いやその……実は、私の一人娘《むすめ》が家出しちまいまして……」

「家出？　娘さん、年は？」

「今年で18になるんですが……」

「捜索願《そうさくねがい》は出したんですか？」

当然と言えば当然と言える疑問に、贄川は僅《わず》かに目を逸《そ》らした。

「いや……定期的に『友達の家を渡り歩いてるだけだ』ってメールは届くし……。ただ居場所が分からないってだけですから……」

「それでも捜索願は出しておいた方がいいと思いますよ？　そもそも、ダラーズと家出の件と何の関係があるんです？」

更《さら》なる問いに、贄川は口をモゴつかせながら小声で答える。

「なんていうか、その、娘に友達とかいるって話は聞いたことがないし……それで、悪いとは思ったんですがね、ちょいと部屋にあった娘のパソコンを開けてみたんですよ。いや、友達とのメールのやり取りでもないかと思って……」

目を伏せ、遙《はる》かに年下の婦警に救いを求めるように語る贄川。罪悪感というよりも、その行為の結果として知る事ができた事実に強い不安を感じている。少なくとも、婦警は贄川の顔からそんな感情を受け取った。

「あ、いや、正直に言います。本当は、昔、アイツが好意を抱《いだ》き過ぎて……その、トラブルを起こした高校教師と、まだ繋《つな》がってるんじゃないかと不安で調べたんです。そしたら……うちの娘、最近ダラーズっていうカラーギャングの連中と関わりを持ってるらしくって……」

「……」

「最近じゃカラーギャングもめっきり見かけなくなりましたけど、ほら、年始めの頃、黄巾賊《こうきんぞく》が復活してたっていうじゃないですか。私は入院してたから良く解《わか》らないんですが……」

地面に目を向けたまま、贄川は、小さな決意を口にした。

「娘に迷惑《めいわく》かけっぱなしだった俺《おれ》の『親の勘《かん》』なんて当てにならないかもしれないんすけど、やっぱり、探るだけの事は探ろうと思いましてね……」

♂♀

池袋某所《いけぶくろぼうしょ》

「変な奴《やつ》が、ダラーズについて嗅《か》ぎ回ってるって？」

黒沼青葉《くろぬまあおば》の問いに対し、携帯電話の向こうから『ネコ』という渾名《あだな》の少年が言葉を返す。

『ああ、東京《とうきょう》ウォリアーって雑誌の記者とか名刺《めいし》に書いてあったらしい』

アスファルトが日光を照り返し、夕方過ぎだというのに気温が三十度を超える池袋。

ビルによる日陰を選びながら、青葉は一人、池袋の繁華街《はんかがい》を歩んでいた。

「……ダラーズが話題になったのなんて一年ぐらい前の話で、流行《はやり》は過ぎてると思うけどね……まあ、一応、気にはしておこう。『東京ウォーカー』みたいな凄《すご》い雑誌ならともかく、『東京ウォリアー』なら大した心配しなくていいとは思うけどね」

青葉はその後、二言三言《ふたことみこと》会話を交わした後に電話を切り、60階通りの入口にある横断歩道に辿《たど》り着く。

ロッテリアの横に立ち止まり、信号が青になるのを待ちながら群衆に紛《まぎ》れる青葉。信号待ちの人々の隙間《すきま》から、道路向かいで待つ群衆を見渡した。

——あの中にも、何人かダラーズがいるのかな。

表情には出さず、心中《しんちゅう》でクスリと笑う。

現在、ダラーズの中で竜ヶ峰帝人《りゅうがみねみかど》に付き従い、『元ブルースクウェア』という特殊なチームを率いている青葉だが、それを知る者は限られている。

自らを群衆に身を埋《う》もれさせつつ、その双眸《そうぼう》は群衆の一人一人をハッキリと観察する。

街の陰から人を操《あやつ》るのではなく、人の陰から状況を操る。それが黒沼青葉の本質だった。

——俺《おれ》にもダラーズの全体像は完璧《かんぺき》には分からない。いや、ネット登録すらしてない連中も含めれば、完全に把握《はあく》してる奴《やつ》は一人も居ないはずだ。

——例え、折原臨也《おりはらいざや》だろうとね。

——さて、そろそろ竜ヶ峰先輩《せんぱい》にも動いてもらわないと……。

そんな事を考えながら信号が変わるのを待っていた青葉だが——

「……？」

街の人々に滑《すべ》らせていた視線が、ある一点でピタリと止まる。

群衆に埋《う》もれている自分とは対照的に、群衆の中でギンギンに目立っている男の姿を見つけ——その目立つ男が、青葉の知っている人間だったからだ。

「兄貴《あにき》……」

目を細めつつ、思わず言葉を口から漏《も》らす。

以前と比べると、髪型《かみ》が変わって少し痩《や》せてはいるが、交差点の向かいに居るのは紛《まぎ》れもなく青葉《あおば》の兄——泉井蘭《いずみいらん》だった。

名前とは正反対に、狂犬のような空気を周囲に張り詰《つ》めさせ、信号待ちの人々も自然と彼から目を逸《そ》らして一歩間を開けている。

そして、青葉は気付く。

数年ぶりに目にした兄が、こちらを真《ま》っ直《す》ぐに見て口を歪《ゆが》ませ——笑っているという事に。

信号はすぐに青へと変わり、立ち止まっていた群衆が一気に道路上へと歩み出す。

青葉は僅《わず》かに目を細め、やはり通行者の波に溶《と》け込んだまま、完全に街の空気と化して歩き出し、横断歩道を渡り始めた。

一方、泉井は信号が変わってもその場に立ち止まったままで、川の中州《なかす》のように人の流れを道路際で二つに分かれさせている。

——こりゃ、完璧《かんぺき》に俺《おれ》に用がある感じだな。

——まさか、町中《まちなか》で刺《さ》して来る程に馬鹿とは思わないけど。

それでも警戒《けいかい》は必須《ひっす》と判断し、青葉はポケットの中のスタンガンを握《にぎ》りながら、表情を消して一歩一歩兄へと近づいていった。

言葉の届く距離に達した瞬間《しゅんかん》、先に動きを見せたのは泉井の方だった。

彼は両手を大きく広げ、カハ、と横に広い口を開き、歯を見せながら笑う。

「いよう、青葉。久しぶりだなぁ」

「……兄貴《あにき》」

ゆっくりと手を伸《の》ばし、弟の頭をパンパンと叩《たた》く泉井。

「背も面《つら》も大して変わってねぇなぁ。中坊《ちゅうぼう》にしか見えねぇぜ？　メシ喰ってんのかぁ？」

存外に兄らしい事を口にする泉井に、青葉は眉《まゆ》を顰《ひそ》めて問い返す。

「兄貴こそ、随分《ずいぶん》変わったじゃないか？　痩せた上に髪が真っ黒になってるじゃん」

「ムショに入った時に坊主《ぼうず》にさせられたからなぁ。で、ちょっとイメチェンしたってだけよ。出所《しゅっしょ》前に危うくもっかい坊主にされる所だったがな」

逮捕《たいほ》される前は金髪《きんぱつ》のリーゼントで、ひと目で不良と分かるような髪型だったが、今は少し長めの髪をオールバックにして、髪の毛だけを見れば野性味を売りにしたホストと言っても通るような状態だ。ただ、実際に彼を見てホストと思う者はいないだろう。顔に残る喧嘩《けんか》傷や火傷《やけど》の痕《あと》などが問題なわけではなく、サングラスの奥や口元から滲《にじ》み出る危険な雰囲気《ふんいき》が、女性は疎《おろ》か一般人を敬遠させるに充分だった。

――それにしても……少年刑務所《けいむしょ》に入ったからか、雰囲気まで変わったな。

――前は、ここまで危ない感じはしなかった。

「怪我《けが》も、聞いてたのよりは良さそうじゃないか」

「そう見えるか？」

「黄巾賊《こうきんぞく》の連中とやりあった時に火炎瓶《かえんびん》で焼かれたんだって？　心配したよ」

心にもないウソをつく青葉《あおば》。本人として挑発《ちょうはつ》のつもりはなく、単純に相手を丸め込む為《ため》の一言だったのだが――泉井《いずみい》はクツクツと含み笑いを漏《も》らし、ゆっくりと口を広げ、言う。

「心配？　お前が？　俺《おれ》の火傷《やけど》の心配だぁ？　昔、俺の部屋を燃やした奴が良く言うぜ」

その言葉に、青葉は表情を変えぬまま、心中《しんちゅう》で僅《わず》かに歯噛《はが》みする。

目の前にいる兄は、やはり以前の兄とは違う。


かつて、泉井蘭《らん》が弟に八つ当たりとしては行きすぎと言える暴力を振るった直後――蘭の留《る》守《す》中に、彼のタバコの吸い殻《がら》が原因と思しきボヤが発生した。

――「兄貴《あにき》に怪我《けが》が無くて、本当に良かった」――

まだ小学生だった青葉が、爽《さわ》やかな笑顔で兄に言った。

それの笑顔に気圧されて、結局泉井蘭は弟を追及する事ができず、その後、その話を弟の前でする事は一切無く、青葉もまた、その話を持ち出す事はせず、従順な弟を演じ続けた。従順なフリがバレていると知りつつ、敢《あ》えてそれを見せつける為に。

だが、今、あっさりとその兄弟間の禁忌《きんき》を破り、蘭が言い切ったのだ。

自分の部屋を燃やしたのが、青葉の仕業《しわざ》であると。

過去に『役立たず』という烙印《らくいん》を押した筈《はず》の兄が、今までとはまるで違う空気を纏《まと》っている。

「あのあと、俺は親父《おやじ》に鼻ぁへし折られたんだぜ？　その貸しがあるよなぁ？　青葉よぉ？」

半分別人と化した兄に、青葉は、動揺《どうよう》を見せる事なく今まで通りの応対をする。

「酷《ひど》いよ……兄貴。やっぱり、あのボヤ、俺がやったと思ってるのかい？」

無実の子羊《こひつじ》を気取る狼《おおかみ》少年に、牙《きば》を出した村人である兄は、陰惨《いんさん》な笑みを向けた。

「いやぁ、もうどっちでもいいさぁ。手前《てめえ》の言ってる事がウソだろうが本当だろうがなぁ」

「……」

「ブルースクウェアが手に負えなくなったから俺《おれ》に任せた、ってのも、今となっちゃあウソだろうが本当だろうがどうでもいい」

歯の間から息を滑《すべ》らせ、擦《す》れた空気の音を青葉の耳元に響《ひび》かせる。

そして、無言のままの青葉の顔に手を伸《の》ばし、鼻頭をグイ、と指で摘《つま》み上げた。

「どっちにしろ、門田《かどた》と遊馬崎《ゆまさき》と黄巾賊の紀田《きだ》をぶっ殺したら、次は手前だ。半殺しで済みてえなら、今の内から気の利いた命乞《ご》いの言葉でも考えとくんだなぁ？」

「……門田さんを？」

本人は否定しているものの、ダラーズの顔役として知られる門田は、蘭と青葉の兄弟とも因《いん》縁《ねん》浅からぬ間柄《あいだがら》だ。

青葉と直接面識はないものの、彼の造り上げたブルースクウェアの中でも名の通った男であり、最終的には彼の裏切りと脱退《だったい》がきっかけとなって、ブルースクウェア壊滅《かいめつ》に繋《つな》がったと言える。

その裏切りの原因となった黄巾賊《こうきんぞく》との抗争の際、青葉《あおば》は兄に手を貸したりはしなかった。たまに黄巾賊の方から青葉周りの仲間——サメをモチーフにしたデザインのニット帽《ぼう》を被《かぶ》る一派——に絡《から》んできた事があり、そうしたメンバーを返り討《う》ちにした事はある。そこで黄巾賊からマークされた事はあるものの、積極的に抗争に参加しようとはせず、兄もまた、弟に助けを求めるような真似《まね》はしなかった。

「どうする気さ。兄貴《あにき》にはもう、ブルースクウェアはついてないんだよ？　逃げ延びてた法螺《ほら》田《だ》さん達だって別件で捕《つか》まったって知らないのかい？」

気弱な弟の仮面を剝《は》がさぬまま、挑発《ちょうはつ》とも取れる言葉を投げかける青葉。

「あぁ……法螺田の野郎《やろう》、ムショの中で色々と調子こいてたみたいだな。こないだ面会に行ってチョイと脅《おど》したら、色々と教えてくれたぜぇ？」

クックツと笑い、弟の鼻頭《はながしら》を再び摘《つま》みあげ——強く捻《ひね》りながらある名前を呟《つぶや》いた。

「……竜ヶ峰帝人……だっけかぁ？　ダラーズのボスはよぉ」

「！」

「大袈裟《げさ》な名前の野郎だな、おい。調べてみて驚いたぜ。黄巾賊の茶髪小《ちゃぱつこ》僧《ぞう》の幼《おさな》馴染《なじ》みで、今は青葉、てめぇと仲良しこよしらしいじゃねぇか？　ま、いずれ挨拶《あいさつ》にいかせてもらうからよ」

挑発《ちょうはつ》に挑発を返してきた兄に対し、青葉《あおば》は、そこで初めて薄《うす》く笑う。

「……やめといた方がいいよ、兄貴《あにき》」

「あぁ？」

「あの人……っていうよりも、ダラーズは、兄貴なんかの手におえる相手じゃない。また刑務《けいむ》所《しょ》に逆戻りするのがオチだよ。っていうかそろそろ鼻痛いんだけど」

「……」

ギリ、と、泉井《いずみい》の口から歯が軋《きし》む音がこぼれるが、一瞬《いっしゅん》の間を置いて、再び凶悪《きょうあく》な笑みを顔面に貼《は》り付けた。

「何か勘違《かんちが》いしてねぇか？　挨拶《あいさつ》ってなぁ、そういう意味じゃあねぇよ」

「え？」

片眉《かたまゆ》を顰《ひそ》める青葉の顔から指を離し、そのまま鼻頭《はながしら》をデコピンでバチンと弾《はじ》く。

「おうふッ」

ジンジンと痺《しび》れる鼻を押さえた後で目をあげると、蘭《らん》は弟に背を向け、既《すで》に赤信号となっている横断歩道へと歩き出した。

「俺《おれ》もダラーズの一員になったんだからよぉ……年下とは言え、創始者にゃちゃんと挨拶しとかねえと駄目《だめ》だろ？　なぁ？　組織ってのは、御輿《みこし》になるより担《かつ》ぐ方が楽しいんだからよ」

「……」

「それに気付いたのは、手前《てめえ》のお陰だぜ、青葉よぉ」

数台の車にクラクションを鳴らされながらも、全く気にした様子を見せずに赤信号を渡り続ける泉井。

――いっそ、撥《は》ねられればいいのに。

実の家族に対してそんな物騒《ぶっそう》な事を思いつつ――青葉は、小さく呟《つぶや》いた。

「……少しはマシになったじゃないか、兄貴」

クラクションに掻《か》き消される事を計算した上で、少年は、痛む鼻を押さえる手の下で口元を大きく歪《ゆが》ませ、笑う。

「あ、あ、あ、あ、あ、あんたの後ろにいる奴ごと、潰《つぶ》せる日が楽しみだよ」

♂♀

同日　夜　都内某所《ぼうしょ》

「ほんじゃ、お疲れさんなあ、京平《きょうへい》ちゃんよう」

「お疲れ様でした」

他《ほか》の内装業者の面々に挨拶《あいさつ》をし、作業着姿の門田《かどた》が建設現場を後にする。

とあるビルの改装工事に左官《さかん》職人として参加している門田は、仕事を終え、夏の熱気を夜まで残したアスファルトを踏《ふ》み進む。

——結局、あれからまだなんの動きもねえが……。

——紀田《きだ》の奴《やつ》、あんなに大胆《だいたん》な事を言うとはな。

外灯に照らされ、自分の影を目と足で追いながら、門田は数日前の寿司《すし》屋で行われた、紀田正臣《まさおみ》とのやりとりを思い出す。

♂♀

「ダラーズを抜けて、うちのチームに……黄巾賊《こうきんぞく》に、手を貸して貰《もら》えませんか」

「……」

真剣な表情で言う正臣に、門田は暫《しば》し沈黙《ちんもく》を返す。

その間一度も目を逸《そ》らさなかった正臣に、門田は茶を啜《すす》りながら呟《つぶや》いた。

「紀田」

「はい」

「一つ確認しておくが……俺《おれ》達が、あっさりとダラーズを裏切ってニコニコ笑いながら別チームに移るような連中……って思ってるわけじゃないよな？」

「逆に聞きますけど、俺が、そんなタイプの人達にこんな形でものを頼みに来ると思います？」

「……それもそうだな」

肩《かた》を軽く竦《すく》める門田は、別の切り口から問いかける。

「で、なんで俺達を……ってのは後回しにして、先に聞くが……お前、何をする気なんだ？」

「ダラーズを、ちょっと潰《つぶ》そうと思って」

あっさりと答えられた言葉に、横で聞いていた渡草《とぐさ》が茶を噴《ふ》き出した。

「おいおいおいおい、簡単に言うなお前」

渡草に続き、遊馬崎《ゆまさき》も首を傾《かし》げながら問いかける。

「そうっすよ紀田君。おかしな話っす。半年前の抗争の件は、切り裂《さ》き魔《ま》の件はなあなあになりましたけど、証拠《しょうこ》無しって事で一応のケリはついた筈《はず》っすよ。法螺田《ほらだ》って人も逮捕《たいほ》されてメデタシメデタシ、ブルースクウェアの幻想をぶち壊《こわ》したじゃないっすか」

年下である正臣に対しても門田と変わらぬ調子で話す遊馬崎に、紀田は自らの膝《ひざ》を軽く握《にぎ》り、答える。

「助けたい奴が……いるんです」

紀田の言葉に、門田は僅《わず》かに考え、思いついた人物の名を口にした。

「竜ケ峰《りゅうがみね》か？」

「……」

沈黙《ちんもく》を肯定《こうてい》と受け取り、門田《かどた》はさらに続ける。

「解《わか》らねえな。あいつがダラーズにのめり込んでる、ってのは何となく解るし、首無しライダーと仲いいって所を見ても、まあ、ちょっと変わった立ち位置にいる奴《やつ》だとは思うが……それと、ダラーズを潰《つぶ》す事になんの関係がある？」

「門田さん、あの首無しライダーの事、どんぐらい知ってるんですか？」

「ん？　ああ……少しな」

実際、門田は首無しライダーが高校の時の知り合いのマンションに住んでおり、その部屋で鍋《なべ》パーティーなどをしたこともあるのだが——その知り合いや首無しライダーに迷惑《めいわく》が掛かってはまずいと考え、この場では言葉を濁《にご》す事にした。

「それより、こっちの質問に答えてくれ。あいつが心配なら、お前の口からダラーズを辞めろって言えばいいだけだろ。なんだったら、俺《おれ》達なんかより、あいつの方を黄巾賊《こうきんぞく》に誘ってやったらどうだ？」

「……」

「まあ、俺としては、ああいうタイプはカラーギャングなんかに関わらない方がいいって思ってるんだがな。まあ、お前が言えばあいつも話ぐらいは聞くだろ」

当然と言えば当然と言える門田の言葉に、正臣《まさおみ》は膝《ひざ》を握《にぎ》る指に更《さら》に力を込め、告げる。

「それは……できないんですよ」

「なに？」

「すいません、詳《くわ》しい事情は言えないんです」

　ハッキリと言い切る正臣。門田は僅《わず》かに目を丸くして、茶を啜《すす》った後に口を開いた。

「……じゃあ何か？　詳しい事情は言えないが、ダラーズは潰《つぶ》す。で、俺達に黄巾賊につけってのか？」

「そうなります」

「おいおい、流石《さすが》にそいつは筋《すじ》が通らないんじゃねえか？」

「ええ、筋が通らない事も分かってます。だから、黄巾賊についてくれっていうのは、無理強いはできません。でも、せめてダラーズからは抜けて欲しいんです」

　目の前の少年が冗談《じょうだん》や酔狂《すいきょう》ではなく、大まじめにこちらに要求を突《つ》きつけていると判断し、門田は厳しい表情を向ける。

「筋の通らねえことを、一々伝えに来たのか？」

「俺がこれからやる事は、確かに筋違いです。ただ、ここには筋を通しに来たつもりです」

「何だと？」

「門田さんには、数え切れないぐらいの借りがあります。だからこそ、ダラーズと揉《も》める事になっても、できる事なら貴方《あなた》達とはコトを構えたくないんですよ」

――『できる事なら』……ってことは、必要があれば俺達《おれ》ともやりあう覚悟《かくご》って事か。

相手の目と言葉から、そこまでの覚悟を持っていると判断し、門田《かどた》は目を閉じ、沈黙《ちんもく》した。

そんな彼を畳《たた》みかけるように、正臣《まさおみ》は問う。

「最近のダラーズ、おかしいとは思いませんか?」

「……」

「全部がそうってわけじゃないですけど、埼玉《さいたま》のチームと揉《も》めたり、チーム内で勝手をやらかした連中に『粛清《しゅくせい》』があるって噂《うわさ》が出たりしてるじゃないですか」

正臣の口から放たれた疑問は、門田も感じていた事だ。

だが、まだ正臣の言葉を鵜呑《うの》みにするには材料が足りない。慎重《しんちょう》に事を運ぶ為《ため》に、

「ダラーズってのは、無色透明を売りにしてるチームだ。ってことは、どんな色にも染まるってこった。逆に、チーム内でつまらない真似《まね》してる連中がいたら、それを諫《いさ》める連中もいるだろうよ。やり方にもよるがな」

「おかしくなった理由に、ハッキリとした原因があるとしたらどうですか」

「?」

眉《まゆ》を顰《ひそ》める門田に、正臣は言う。

「……頭にサメ柄《がら》のバンダナや目出《めだ》し帽《ぼう》かぶった連中が、ダラーズの中に入り込んでる……って言ったらどうですか」

「……！」

サメのバンダナに目出し帽。それは、門田の中で一つのチームを思い出させる。

――ブルースクウェア。

かつて門田が所属した、青を基調とするカラーギャングのチーム名だ。

サメの目出し帽をかぶった面々は、チーム内でも殆《ほとん》ど見かける事はなく、門田の知り合いとも法螺田《ほらだ》の取り巻きとも被《かぶ》らず、誰が仕切っているのか解《わか》らない奇妙《きみょう》な面々だった。

「半年前、黄巾賊《こうきんぞく》に起こってた事が、今度はダラーズに起こってるかもしれない……って言えば、どうですか？」

「……それに、竜ヶ峰《りゅうがみね》が何か関わってるってのか？」

「すいません。そこから先は、具体的には言えないんです。ただ、もし……いつか話せるようになったら、必ず全部打ち明ける事を約束します」

「……」

血反吐《ちへど》を吐《は》く目に遭《あ》っても秘密を守り通す。そんな、強い覚悟を持った目だった。

門田は暫《しば》し考え込み、遊馬崎《ゆまさき》や渡草《とぐさ》も空気を読んでそれ以上話に口を出す事はしなかった。

「……何日か、考えさせろ。俺だけならともかく、遊馬崎達《こいつら》も巻き込むとなりゃ、お前の言う事を単純に鵜呑みにするわけにはいかないからな。こっちでも、少し調べさせて貰《もら》う」

門田個人は、今の正臣は信用できると判断していた。だが、正臣が本当の事を言っている『つもり』に過ぎず、背後にいる誰かに騙《だま》されているのではないかという疑念もある。実際、門田《かどた》はそういう真似《まね》をする人物に、一人心当たりがあるからだ。

「解《わか》りました、俺《おれ》が言いたいのは、それだけです」

軽く一礼した後、座敷《ざしき》からゆっくりと立ち上がる正臣《まさおみ》。

門田達に一度背を向けた後、軽く振り返りながら口を開いた。

「ただ、もしも門田さん達が、俺らの敵になるって言うなら……」

「言ったら、どうする？」

緊迫《きんぱく》した空気の中、正臣は不意に口元を緩《ゆる》ませ、困り半分の笑顔で言葉の続きを口にする。

「ま、ハチ合わせしないように、上手《うま》いことやりますよ」

幼さすら感じさせる無邪気《むじゃき》な笑みに、門田達はキョトンと目を丸くし――そんな彼らに、正臣は肩《かた》を竦《すく》めながら、

「正直、まともにやりあって門田さんに勝てる気はしませんからね」

とだけ言い残し、そのままカウンターの方でデニスとサイモンに何か挨拶《あいさつ》をして店から去っていった。

その背中を最後まで見送った後、渡草《とぐさ》と遊馬崎《ゆまさき》は、互いに顔を見合わせる。

「……なんだったんだ？」

「良く解らないっすけど、最後の台詞《せりふ》は、一年ぐらい前の紀田《きだ》君っぽいすね。帝人《みかど》君と一緒《いっしょ》に

いた頃の」

門田はそんな二人の話を聞きつつ、独《ひと》り言を呟《つぶや》いた。

「本気で潰《つぶ》すつもりなら、何も言わず闇《やみ》討《う》ちでもすりゃいいだろうによ」

呆《あき》れたように溜息《ためいき》を吐《つ》いた後、門田も静かな微笑《ほほえ》みを浮かべる。

「全く、甘《あま》い奴《やつ》だ」


「それにしても、遊馬崎、今日《きょう》はヤケに無口だな」

「俺なりに空気読んでるんすよう。狩沢《かりさわ》さんがいないと、俺の言葉に乗ってくれる人がいないから……」

「そりゃしょうがねえだろ。お前のくっちゃべる事の内容なんざ半分も解らねえからな」

門田が黙《だま》り込むのと対照的に、渡草と遊馬崎は互いに語り続ける。

まるで、今しがたの奇妙《きみょう》な空気の余韻《よいん》を確かめているかのように。

「まったく、門田さんも渡草さんも、もっと勉強してほしいっす」

「俺ら!?　ちょっと待て、俺らが悪いのかおい!?」

だが——そんな空気を掻《か》き消す形で、カウンターの方から低い声が聞こえてくる。

「運が良かったな」

「ん？」

門田《かどた》が視線を向けると、そこには魚を捌《さば》いた包丁《ほうちょう》を水につけている店長——デニスの姿があり、彼は包丁の刃《は》をジロリと見つめ、次に門田に視線を向けた。

「あれ以上剣呑《けんのん》な空気を店に広げやがったら、その柱の傷が増えてた所だ」

「お……脅《おど》かしっこ無しだぜ、店長」

渡草《とぐさ》が肩《かた》を竦《すく》めながら言うが、頬《ほお》を伝う冷や汗《あせ》が伝えている。

彼が、『脅してはなく、店長はマジだ』と確信しているという事を。

デニスはいくつかの握《にぎ》りを客に出した後、そんな彼らに更《さら》に告げる。

「ま、それを見越してあんな言い方して帰ったのかもな。思ったより強《したた》かな坊主《ぼうず》だ」

ロシア人とは思えぬ程に流暢《りゅうちょう》な日本《にほん》語を操《あやつ》りつつ、店長は一つの事実を口にした。

「ついでに言うと、あいつ、お前らの分の金も払《はら》ってったぜ。前にお前達が奢《おご》ったお返しのつもりだろ」

「なッ……いつの間に⁉」

「そっちに座席を移る時にな。結局少し足りなかったが、そいつはツケにしておこう」

ニイ、と、デニスは珍《めずら》しく笑いながら、開店当時からの常連客に語り続ける。

「貸し借りはできるだけ無くしときたいんだろう。お前達を敵に回すわけだからな」

「……」

「事情は知らないし知るつもりもないが……あの小僧《こぞう》、相当な覚悟《かくご》を決めてたぞ」

――覚悟、か。

数日前の露西亜寿司《ロシアずし》店長の言葉を思い出しながら、門田は尚《なお》も歩き続ける。

――結局、あれから何の動きもなかったな。

あの後、門田も独自に情報を追ってみたが、確かに最近ダラーズ内部で妙《みょう》な動きがあるようだ。ダラーズの名前を使ってカツアゲなどをしていた面子《メンツ》が襲《おそ》われているらしい。

元々、不良でもなんでもない人間が遊び感覚で参加しているのがダラーズだ。誰でも入れるという事は、人間のクズでも入れるという事であり、そういう連中が出るのは当然であると言えた。

ここ数ヶ月の間に、そうした面々を狩る者達が現れ、最近活発に活動しているらしい。単なる自浄作用《じじょう》というには余りにも過激で、組織的に動く様子に門田も少なからず違和感を覚える。

そして、今日《きょう》聞いた情報で最も門田の眉間《みけん》の皺《しわ》を深めたのは、その『仲間内での制裁《せいさい》』を行っている面子が、サメをモチーフにした青いバンダナや目出《めだ》し帽《ぼう》を身に着けていたという事だ。

――ここまでは、確かに紀田《きだ》の言う通りだ。

――しかし、ここに竜ヶ峰《りゅうがみね》がどう関わる？

♂♀

――確かに、こないだ会った時、なにか妙《みょう》だったが。

門田《かどた》に対し、『貴方《あなた》が理想のダラーズです』などと目を輝かせながら言っていた少年の事を思い出し、歩きながら考え込む。

――竜ケ峰《りゅうがみね》のダラーズに対する執着《しゅうちゃく》は、どこか妙だ。

――首無しライダーや臨也《いざや》と繋《つな》がりあるから、そう見えるだけ……とは言い切れないよな。

人の世話を焼くことは多くとも、人の裏側に必要以上に踏《ふ》み込むのを良しとしない門田は、竜ケ峰帝人《みかど》の人間関係や過去については興味を持った事すらなかった。だが、今回こうして彼が話の中心に関わっているとなると、少し違った見方も出てくる。

同時に、門田は、半年前に聞いた一つの話を思い出す。

――「それがよ門田、法螺田《ほらだ》の野郎《やろう》、『あとは、ゆっくりとリューガネって野郎を料理してやればいい』とかなんとか言ってやがったんだが、リュウガネって誰なんだ？」

それは、半年前の法螺田との抗争の際、一緒《いっしょ》に黄巾賊《こうきんぞく》に潜《もぐ》り込んだダラーズの仲間からの問いかけだった。感づかれない為《ため》に、潜入《せんにゅう》した者達は法螺田から遠くに位置していたのだが、その中で一番近い所にいた一人が、法螺田の会話などを耳にしていたのだ。

――「あと、紀田《きだ》が来た時、『お前を使ってダラーズのボスのミ……ミ……ミなんとか君を呼び出す』って言ってやがったんだが、ミなんとかって奴《やつ》に心当たりあるか？」

あの時、法螺田は工場に『ダラーズのボスを潰《つぶ》す』という名目で人を集めていた。そこに門田達が紛《まぎ》れ込んだわけだが、ダラーズのボスが誰なのかという具体的な説明がされたわけではない。

ただ、推測はしていた。

竜ヶ峰帝人が、ダラーズの中で何か重要なポジションにいるのではないかという予感があり、そこで仲間からそんな話を聞いたからには、帝人がダラーズ創設に関わっているのかもしれないと思うのは当然のことだった。何しろ彼は、折原臨也《おりはらいざや》との接点もあるのだから、ただ正臣《まさおみ》の友達というだけで巻き込まれた高校生と思い込むほど門田は馬鹿ではない。

だが、同時に門田は、『ダラーズにリーダーはいない』という性質を好んでいた為、それ以上その問題について追及する事はせず、帝人にもそれを尋《たず》ねる事はしなかった。

門田本人も忘れかけていた推測が、紀田正臣の話で確信に変わったと言ってもいいだろう。

——ダラーズのボスが竜ヶ峰……。やっぱ、ありえないとは思うんだが……。

状況証拠《しょうこ》がいくらあろうと、実際に竜ヶ峰帝人と何度か話した事がある門田としては、簡単に納得できるものではなかった。

竜ヶ峰帝人は、どちらかというと一生カラーギャングや暴走族といった世界には関わらずに生きていく、至極大人《しごくおとな》しいタイプの人間と思っていたからだ。

ダラーズのボスはいない方がいいし、知ろうともしない方がいい。

だからこそ、埼玉《さいたま》の暴走族との抗争で『ダラーズのボスは誰だ』と聞かれた時も『知らない』

と淀《よど》みなく答える事ができたのだが、今、この状態で同じ事を聞かれたら、あそこまでハッキリと答えられる自信はない。

ダラーズと黄巾賊《こうきんぞく》の抗争を止める為《ため》には、やはり竜ヶ峰帝人《りゅうがみねみかど》との接触《せっしょく》は不可欠だろうと判断した門田《かどた》は、前に交換した竜ヶ峰帝人の電話番号にかけてみたのだが——結局通じる事はなく、遊馬崎《ゆまさき》や狩沢《かりさわ》からの電話にも出る事はなかった。

——仕方ない。明日《あした》、岸谷《きしたに》と首無しライダーに相談するか。

親譲《ゆず》りのお節介《せっかい》焼きである門田は、何とかして紀田正臣《きだまさおみ》と竜ヶ峰帝人の問題を解決しようと決意した。

「ま、やれるだけの事はやってみるさ……他人事《ひとごと》でもないしな」

門田が呟《つぶや》くのと同時に、背後から車のライトが近づくのを感じ、彼は道の端《はし》へと身を寄せる。

いつも通りの行動。彼は何も間違った事はしていなかった。

だが、彼は知らなかった。彼の身に迫る一つの『皮肉』を。

車の中、助手席にいた人物が、一言だけ口にする。

「撥《は》ねろ」と——

かつて、切り裂《さ》き魔《ま》に襲《おそ》われた杏里《あんり》を助ける為、門田が渡草《とぐさ》に対して発した一言を。

因果応報《いんがおうほう》と言い切れない所は、門田《かどた》が切り裂《さ》き魔《ま》でもなんでもない、単なる通行人だったという事だろう。
狭《せま》い道だというのに、全く緩《ゆる》まらない車のエンジン音。
その違和感に気付いた時には、既《すで》に遅かった。
振り返るよりも、一瞬《いっしゅん》早く――

衝撃《しょうげき》。

轟音《ごうおん》。

そして――暗転。

♂♀

30分後　都内某所《ぼうしょ》　狩沢《かりさわ》のマンション

「そっかー、杏里《あんり》ちゃんも、最近みーきゅん《帝人君》に会ってないんだー」

「ええ、実家に帰るから、暫《しばら》く連絡《れんらく》が取れないって……」

狩沢絵理華《えりか》の住むマンションには、現在五人程の女性が集まり、裁縫《さいほう》作業や分厚《ぶあつ》い本を開いて蛍光《けいこう》ペンでチェックをしたりという作業に追われていた。夏の某《ぼう》イベントについてのコスプレ衣装の制作と、カタログによる参加サークルのチェクである。

他《ほか》の面子《メンツ》が忙しそうな横で、既《すで》に全《すべ》ての準備を終えている狩沢が、部屋の隅《すみ》にいる少女、園《その》原《はら》杏里に語りかけた。

杏里はつい数日前、狩沢に『コスプレやらない？』と誘《さそ》われ、押しに弱い事もあり、あれよあれよとマンションに引きずり込まれていたのだ。

「本当かなぁ。だって、メールの返事はくれるけど、電話には出ないんでしょ？　彼氏としてどうなのって話じゃん」

「か、彼氏って……竜ヶ峰《りゅうがみね》君とは、その……」

彼女は狩沢に『試しに』と無数のコスプレ衣装を着せられ、現在は黒いつば広《ひろ》三角帽《ぼう》に肩《かた》を出した黒ドレスという、ハロウィンパーティーの魔女《まじょ》さながらの服を着せられている。ボディラインがハッキリと浮かぶその衣装が恥《は》ずかしいのか、身を縮こまらせつつ赤くなっていたところに狩沢がそんな発言した為《ため》、彼女の頬《ほお》はますます血の気に染まっていく。

「アハハ、冗談《じょうだん》冗談！　解《わか》ってるって。君もみかぽんも奥手君《帝人君》だねー。礼節を弁《わきま》えてるっていうか、新米執事《しんまいしつじ》とドジっ娘《こ》メイドの組み合わせっていうか、とにもかくにもいいカップルだと思うよ？　萌《も》え萌えキュンキュンでスワロウにテイルっちゃうところだねぇ」

「す、すいません、良く解《わか》りません……」

「執事《しつじ》とメイドだとするなら、御主人様は私がやるね。っていうわけで、次はメイド服にする？　それとも巫女《みこ》服？」

「まま、まだあるんですか⁉」

言葉が上滑《うわすべ》りになっている杏里《あんり》だが、狩沢《かりさわ》の弄《いじ》る手は止まらない。

マンションには不釣《ふつ》り合いな程に豪華《ごうか》なドレッサーに手を伸《の》ばし、その中から出した何着かの衣装をハンガーにかけたまま杏里の上半身に押し当てる。

「もうちょい髪《かみ》の毛短くすれば、『俺妹《おれいも》』の地味子《じみこ》のコスプレとかできると思うんだけどね。私も杏里ちゃんぐらい胸が大きかったら上げ底履《は》いてバジーナやるんだけど。あ、そだ、杏里ちゃん、ウィッグつけて『Ｃ３《シーキューブ》』の村正《むらまさ》このはとか似合いそうだよね！　色んな意味で！」

「は、はあ……」

杏里の記憶《きおく》にはない固有名詞を次々と出され、

「ていうか杏里ちゃんさー、半年前より、また胸大きくなってない？」

「そ、そんな事、ないと思いますけど……」

狩沢にジロジロと睨《ね》め付けられ、杏里は更《さら》に顔を赤くしながら俯《うつむ》いていた。

「照れない照れない、帝人《みかど》君とか純情っぽいんだから、使える武器はなんでも使って攻め落とさないとナアナアのままだよー？　少しは紀田《きだ》君を見習いなよー！」

「あ……」

知ってる名前を耳にし、彼女は少し俯いた。

「ゆまっちから聞いたけど、紀田君、池袋《いけぶくろ》に戻ってるんだって？　元気そうだったみたいだよ」

「えッ」

――紀田君、やっぱり戻って来てるんだ。

何日か前、知人からネコを預かった時、杏里は一つのトラブルに見舞われた。

その際にバッタリと正臣《まさおみ》に出会ったのだが、正臣は二言《ふたこと》三言《みこと》告げただけですぐに走り去ってしまい、杏里からは何一つ話せなかった。

だが、それでも充分だった。

最近帝人の様子がおかしかった事で不安になっていたが、正臣の帰還《きかん》がその解決に繋《つな》がるかもしれないと考えたからだ。

――もう、竜ケ峰《りゅうがみね》君には会えたのかな……。

できる事なら、自分もその中に加わって、色々と話したい。

だが、会った時に何を言うべきなのか見当も付かない。

こうして狩沢の誘《さそ》いに乗ったのも、何か女性同士で相談できる事があるかもしれないという思いもあったのだが――終始狩沢のペースに呑《の》まれてしまい、相談どころの状況ではなかった。

しかし、狩沢《かりさわ》はそんな杏里《あんり》の悩みを見抜いているのか、弄《いじ》る内容も大半が帝人《みかど》や正臣《まさおみ》絡《がら》みの事だった。

――狩沢さん、私のあんな姿を見てる筈《はず》なのに……。

GW《ゴールデンウイーク》中、自分が謎《なぞ》の襲撃者《しゅうげき》に襲《おそ》われた時、杏里は大勢の前で自らの内に宿る異形《いぎょう》――血と肉より生み出される鋼《はがね》の刃《やいば》、『罪歌《さいか》』の力を奮《ふる》ってしまったのだ。

日本刀《にほんとう》を振り回す女子高生など、どう考えても普通ではない。

彼女はあの場にいた狩沢達にも怖《こわ》がられ、嫌《きら》われてしまうかと思っていた。だが、彼女達は恐《おそ》れるどころか、興味津々《しんしん》といった調子で杏里との距離を縮めようとしてきたではないか。

――どうして、私が普通じゃないって知ってるのに、こんなに優しくしてくれるんだろう。

世の中には狩沢のように、異形の力を持つ人間を怖がるどころか二次元世界の到来だと目を輝かせる人種もいるのだが、杏里にはそうした者達の心理が理解できない。

その理由の一つは、彼女自身が、その力をもてあましているという事にあるだろう。

徐々《じょじょ》に杏里の制御《せいぎょ》から離れようとしていく罪歌の力に不安を覚え、彼女自身が罪歌と上手《うま》く共存《きょうそん》できるように強くなろうと決意した。

一方、彼女にとって狩沢は、知り合いの中で数少ない『悩みが相談できる年上の女性』なのだが、『罪歌』の事まで全《すべ》て打ち明けて話すべきかどうかは未《いま》だに結論が出ていない。

もう一人の『相談できる年上の女性』である、とある『異形』の運び屋を思い浮かべ、杏里はまず彼女に相談すべきではないかと考えた。

——でも、やっぱりこんな事を相談されても迷惑《めいわく》なんじゃ……。

「……ちゃん、……里ちゃん」

——赤林《あかばやし》さんには、こんな事は相談できないし……。

「杏里ちゃん？　杏里ちゃん？　もしもーし？」

「……？　は、はいッ⁉　す、すいません！　ボーっとしてて……」

狩沢の顔面が目の前まで迫っている事に気付き、驚いて身体《からだ》を反《そ》らせる杏里。

「アハハ、惜《お》しかったなー。もう少しボーッとしてたら、そのまま脱《ぬ》がせて堕天使《だてんし》エロメイドの衣装に着替えさせるところだったのに！」

「え、ええ？」

堕天使だのエロだのという単語に怯《ひる》みつつ、杏里は改めて狩沢に問う事にした。

「その、遊馬崎《ゆまさき》さん、紀田《きだ》君と会ったんですか？」

「そうそう、私もビックリしたんだけどね？　ほら、丁度《ちょうど》この前、杏里ちゃんと夜道でバッタリ会った時だよ。ドタチン達が露西亜寿司《ロシアずし》で御飯《ごはん》食べたら、丁度鉢合《はちあ》わせしたとかなんとか。まだ具体的な話は聞いてないんだけどね？」

「あ、あの、もし良かったら、今度門田《かどた》さん達に、詳《くわ》しく聞いて貰《もら》えると、その……」

「わーかってるってー。杏里ちゃんたら、紀田君の事になると随分《ずいぶん》積極的だねー。みかるん《帝人君》にもそのぐらいイケイケドンドンで行ってあげればいいのに」

ニヨニヨと笑いながら再び杏里弄《あんりいじ》りのループに入ろうとしていた狩沢《かりさわ》だったが――

テーブルの上に置かれていた彼女の携帯電話から、『御嬢《じょう》様、お電話でございます』という、甘《あま》い声の着信音が響《ひび》き渡った。

「はいはいー、イエスマイバトラー。アテブレーベ・オブリガードーっと」

妙《みょう》な事を言いながら携帯電話を取り、液晶画面を確認する。

「あ、噂《うわさ》をすればなんとやら。ドタチンの携帯からだよー。シンクロニシティって奴《やつ》だね！」

ハイテンションのまま通話ボタンを押し、そのまま会話に興じようとした狩沢だったが――

「もしもーし、ドタチン、どしたの？　……え？　あ、はい」

不意に、その顔から笑みが消える。

「京平《きょうへい》君のお父《とう》さんですか！　はい、その説はどうも……。どうしたんですか？　京平君の携帯から……」

「……」

何か様子が変だと感じたのだろう。

杏里だけではなく、部屋で黙々《もくもく》と作業をしていたコスプレ仲間の子供達も、一様に手を止めて狩沢に視線を集めた。

「はい、はい……え？」

次の瞬間《しゅんかん》、部屋にいる全《すべ》ての人間が理解した。

門田《かどた》京平の身に何かまずい事が起こったのだと。

彼女達は、見てしまったのだ。

常にヘラヘラしている狩沢の表情から、『表情』というものが完全に消え去る瞬間を。

♂♀

『門田京平が交通事故に遭《あ》い、意識不明の重体となった』

この事実は、ダラーズを中心として大きな波紋《はもん》を広げる結果となる。


某《ぼう》ホテルの宴会場《えんかいじょう》にて――

「……門田さんが？」

仕事場で氷の彫刻を終えた遊馬崎《ゆまさき》が、薄《うす》く目を開きながら、作業用具を取り落とした。

都内某《ぼう》アパートにて――

「ウソだろ！？」

天井《てんじょう》に聖辺《ひじりべ》ルリのポスターを貼《は》りながら電話に出た渡草《とぐさ》は、驚《おどろ》いて脚立《きゃたつ》から転げ落ちる。


「門田《かどた》が？」

「そ、そうっすよぉ、だから俺《おれ》なんかから金を取り立てるヒマあったら、お見舞いにでも行ったらどうすかぁ？　早くしないと死んじまうんじゃねぇすブギャあぁ⁉」

門田の情報を伝えた債務者を投げ飛ばしつつ、バーテン服の男は眉間《みけん》に皺《しわ》を寄せた。

そんな彼に、横にいたドレッドヘアの男と若い白人女性が声をかける。

「お前の知り合いだっけか。いつもあのバンに乗ってる奴《やつ》だろ？」

「ダラーズというギャング未満サークル的集団の重役と耳にしています」

同僚《どうりょう》達の言葉に、バーテン服の男は息を荒げながら叫《さけ》び声をあげた。

「高校の時の同窓生っすけどね……。俺《おれ》の知り合いを轢《ひ》き逃げするたぁ……どこのどいつだ度《ど》畜生《ちくしょう》がぁぁぁぁぁ！」

債務者《さいむ》が逃走に使っていたバイクを、怒りに任せて蹴《け》り飛ばすバーテン服の男。

バイクは川の水面をアメンボのようにバシャバシャと飛び跳《は》ね、そのまま対岸まで転がった。

池袋《いけぶくろ》、某《ぼう》マンション最上階にて――

「さて……どう動くかな？　竜ケ峰帝人《りゅうがみねみかど》君？」

右手の痛みと引き替えにまともな人間性を捨てた情報屋は、ベランダから街を見下ろし、冷たい笑いを浮かべて見せた。

都内、コンビニの前にて――

「おいおい、マジかよッ！」

「門田の野郎が撥《は》ねられたって？」

「ざまぁぁぁぁあッ！」

以前門田にシメられた事のある不良少年達が、歓喜の笑みを浮かべてハイタッチをする。

露西亜寿司《ロシアずし》にて――

「轢き逃げか……うちの常連に、くだらねえ真似《まね》しやがって」

門田の報《ほう》を聞いても無表情のまま、淡々《たんたん》と包丁《ほうちょう》を研《と》ぐデニス。

「おーう、お見舞いするヨ。骨折にはカルシウムがいいヨー。秋刀魚《さんま》を骨ごと食べるとイイネ。

秋刀魚《さんま》丸ごと一本握《にぎ》り持って行くネ」

　その一方で、心配はしているものの、あくまで落ち着いた様子のサイモン。

　過去の経験からか、人の生死に関してドライである彼らではあるが――冷淡《れいたん》というわけではなく、彼らなりに門田《かどた》の心配をしているようだ。

「食いにくいだろ。つーか、まだ意識戻らないんじゃ持ち込みようもないしな」

「大丈夫《だいじょうぶ》ネ。門田シャチョー、静雄《しずお》ほどじゃないけど頑丈《がんじょう》ヨ。健康一番、電話は二番ネ、三時のおやつ代わりに、今度門田の友達来たら、寿司《すし》、サービスする、イイネ。門田より周りのみんなの方が心配ヨー」

「あいつは顔が広いから、んな真似《まね》してたら破産しちまう」

　終始《しゅうし》無表情のまま包丁《ほうちょう》を研《と》ぎ終え、店長は刃《は》を眺《なが》めながら言葉を続ける。

「ま、代わりに門田が退院したら、特上にぎりを御馳走《ごちそう》してやるさ」

　都内某所《ぼうしょ》にて――

　暗い空間の中、大人《おとな》しそうな顔の少年――黒沼青葉《くろぬまあおば》が、真剣な表情で呟《つぶや》いた。

「帝人先輩《みかどせんぱい》、話、聞きましたか？」

「……うん。門田さんの件だよね」

青葉の仲間が所有するワゴン車の後部座席で、『普通』という言葉が似合いそうな外観の少年――竜ヶ峰《りゅうがみね》帝人が、悲しげな表情で呟《つぶや》いた。

「信じられない。門田さんが事故に遭《あ》うなんて……」

「どうします？　お見舞いに行きますか？　まだ面会謝絶っていうか手術中かもしれないですけど」

「……」

沈黙《ちんもく》。

長い沈黙がワゴン車内を包み込み、走行音だけが重い空気を震《ふる》わせる。

やがて、車が信号で止まるのと同時に、帝人は目を伏せながら口を開く。

「……そうしたいのは山々だけど、今行ったら、色々な人と鉢合《はちあ》わせするかもしれない」

帝人は様々な感情を身体《からだ》の中に渦巻《うずま》かせつつ、それでも、最後に悲しげな笑顔を浮かべながら後輩《こうはい》に向かって呟いた。

「そしたら、色々と面倒な事になりそうだからね……ああ、でも、青葉君はお見舞いに行った方がいいかも。前に一回、君も門田さんに助けて貰《もら》ったじゃない。僕《ぼく》が恩知らずって言われるのはいいけど、青葉君までそれに付き合う事はないよ」

「そうですか……」

同じように重い調子で俯《うつむ》いた後、肩《かた》を竦《すく》めながら呟《つぶや》く青葉《あおば》。

「まあ、助けて貰《もら》ったとは言っても、そもそもTo羅丸《とらまる》に喧嘩《けんか》を売ってあの追いかけっこの原因を作ったのは俺《おれ》ですけどね？」

悪びれた様子も無く言う青葉に、帝人《みかど》はゆっくりと顔を上げたまま、言う。

「そんなのは関係ないよ」

「えッ」

「原因はどうだろうと、門田《かどた》さんが君も僕《ぼく》も助けてくれた。それは変わらない結果だよ。マッチポンプって言われようと、門田さんは原因に関係ないんだから、その事実を否定しちゃいけないと思う」

「……そうですね。すいません」

素直に謝る青葉に、帝人は緩《ゆる》やかに微笑《ほほえ》みながら答えた。

「ううん、こっちこそ、言い過ぎたかもしれない。御免《ごめん》ね」

何をどう言いすぎたのか青葉には理解できなかったが、とりあえずそれはスルーして話を進める事にした。

「じゃあ、近いうちにお見舞いに行ってきます」

「うん。そうだね。椿《つばき》の花や鉢植《はちう》えはお見舞いには厳禁だから、気を付けてね」

この状況で見舞いのマナーについて冷静に諭《さと》す帝人に、ワゴンの運転手達は不気味《ぶきみ》なものを感じて身を震《ふる》わせたが、青葉は特に気にせず話を合わせる。

「一日も早く、先輩《せんぱい》が堂々と門田さんにお見舞いできる日が来るといいですね。園原《そのはら》先輩や、紀田《きだ》先輩と一緒《いっしょ》に」

「そうだね、それにしても――」

帝人はそこで、あることを呟き、窓から見える街の景色《けしき》に目を向けた。

少年の目はどこか寂《さび》しそうにも見えたが、その瞳《ひとみ》はどこまでも純粋で、まっすぐにどこかを見据《みす》え続けているように感じられる。

青葉はそんな帝人の目が恐《おそ》ろしく、同時に頼もしく思い――帝人から見えない位置で、様々な感情の入り交じる笑みを浮かべて見せた。


彼らの日常を襲《おそ》う異常事態。

そして、これは始まりに過ぎなかった。

この日を境に、ダラーズは、彼らの多くが望まない、非日常に巻き込まれる事となる。

ほんの一握《ひとにぎ》りの人間だけが望む――突《つ》き刺《さ》すような空気を纏《まと》う、泥水《どろみず》の味に満ちた日々が。

チャットルーム

・・・

餓鬼【とまあ、これがこのご時世《じせい》でも闇金《やみきん》が成り立つおおまかなカラクリです】
しゃろ【つはー、すげえもんすねぇ】
純水100％【餓鬼《がき》さんって業界の裏話とか詳《くわ》しいですよね！　裏口入学詐欺《さぎ》の話も面白《おもしろ》かったし、もしかして餓鬼さんって警察官とか検事さんなんじゃないですか⁉】
餓鬼【いえいえ、聞きかじりですよ】
餓鬼【そもそも、警官や検事だったらこんなに頻繁《ひんぱん》にチャットに参加するヒマありませんよ】

・クロムさんが入室されました。

クロム【こんばんは】

しゃろ【おばんです】
餓鬼【お疲れ様です】
純水100％【バンワー☆】
サキ【お久しぶりです】
クロム【おや、今日《きょう》は新参メンバー勢揃《せいぞろ》いですね。旧メンバーは一人もいないんですか？】
サキ【さっきまで参《さん》さんと狂《きょう》さんがいました】
サキ【でも、やることがあるとかで、帰っちゃいました】
餓鬼【相変わらずの調子でしたよ】
クロム【田中太郎《たなかたろう》さんとかセットンさんが懐《なつ》かしいです】
クロム【mixiとかに移動したんですかね？】
クロム【こういうチャットルームも、最近じゃ廃《すた》れる一方ですし】
餓鬼【どうでしょうね】
しゃろ【ふつーに忙しいんじゃねえっすか？　そういうクロムさんこそ久々じゃないすか】
クロム【仕事が残業続きで……】
サキ【お疲れ様です】
純水100％【あっ、そうだよ。サキさんってバキュラさんのリア友っていうか、彼女さんですよね！】

サキ【はい。同棲《どうせい》してます】
しゃろ【あっさり！】
しゃろ【ええー】
しゃろ【えええー？】
純水100％【キャー☆】
餓鬼【おあついですねえ】
純水100％【じゃあ、バキュラさんは今日《きょう》どうしてるんです？】
サキ【ちょっと仕事で忙しいみたいで、一日中外に出てます】
純水100％【働き盛りなんですね！　過労死しないように、帰ってきたらちゃんと労《いたわ》ってあげて下さいね☆】
しゃろ【労り過ぎて夜にハッスルしちゃって、寝不足で居眠《いねむ》り運転なんて事になったり？】
純水100％【下ネタ！　しゃろさんサイテーッ！　サイッテーーーッ！】
しゃろ【ええっ!?　これ下ネタに入るの!?　純水さん】
サキ【ハッスルって、何をするんですか？】
サキ【詳《くわ》しく教えて下さい（笑）】
しゃろ【すんません俺《おれ》が悪かったです。もう勘弁《かんべん》して下さい】
クロム【そうそう、居眠り運転といえば……聞きましたか？　今日、都内で轢《ひ》き逃げがあった

そうですよ】
純水100%【怖《こわ》い！　どこどこ？　どこでですか？】
クロム【池袋《いけぶくろ》からそんなに離れてない所らしいですよ】
クロム【流石《さすが》に池袋の街中で轢き逃げなんてしても、目撃者だらけですぐに捕《つか》まっちゃうでしょうからね】
しゃろ【ニュースでやってたんすか？】
クロム【いや、ニュースじゃやってないみたいですよ。死人が出たわけじゃないんで】
餓鬼【じゃあ、クロムさんはどうして知ってるんですか？】
純水100%【もしかしてクロムさんが轢き逃げの犯人!?】
クロム【そんなわけないじゃないですか】
クロム【いや、ダラーズの掲示板《けいじばん》とか、見てません？】
餓鬼【そういえば、今日はまだ……】
しゃろ【おっと、ってことはダラーズ絡《がら》みの事件なんすか？】
クロム【いえいえ。もっと単純な事です】
クロム【轢き逃げされたのが、ダラーズのメンバーってだけですよ】
クロム【とはいえ、ただのメンバーじゃないんですけどね】
餓鬼【というと？】

クロム【撥《は》ねられたのが、門田《かどた》っていう、ダラーズの中でも顔役みたいな人でして】
しゃろ【おっと、池袋界隈《いけぶくろかいわい》じゃかなりの有名人じゃねえすか】
しゃろ【マジすか!? 門田、死んだんすか!?】
純水100%【もー、不謹慎《ふきんしん》ですよ!】
しゃろ【いやワクワクして聞いてるわけじゃないっすよ!?】
クロム【えーと、ダラーズの掲示板《けいじばん》に回ってた情報だと、命に別状はないみたいです】
クロム【でも、まだ意識が戻ってないんだとか】
餓鬼【早く目を醒《さ》ますといいですね】
餓鬼【しかし、轢《ひ》き逃げって事は、犯人はまだ捕まっていないんですか?】
しゃろ【まー、時間の問題でしょ】
しゃろ【最近は無茶苦茶《むちゃくちゃ》おっかない白バイがいますから】
しゃろ【見た事あります? あの首無しライダーと追いかけっこしてるの】
クロム【しゃろさん、前もその話しませんでしたっけw】
しゃろ【何度でもするぐらい凄《すご》いって事っすよ】
しゃろ【しかし、轢き逃げなんて馬鹿な事しますよねえ】
純水100%【やっぱり、パニックになって逃げちゃうのかなあ?】
餓鬼【それなら、まだいいんですが】

クロム【?】
しゃろ【まだいいって、良くはないでしょ】
餓鬼【ああいえ、まだいい、って言い方はまずいですね。すいません】
餓鬼【私が言いたいのは、本当に、ただの轢き逃げなのかという事です】
クロム【どういう事ですか?】
餓鬼【門田という名前は私も聞いたことがあります。ダラーズの事を少し深く調べれば、必ず出てくる名前ですよ】
餓鬼【本人は否定してるらしいですが、ダラーズの顔役だと認めてるメンバーも多い】
餓鬼【その彼が、轢き逃げにあった。これが、ただの偶然《ぐうぜん》ならいいんですが】
しゃろ【……わざと撥《は》ねたって事っすか?】
餓鬼【可能性の話ですよ】
餓鬼【例えば、聖辺《ひじりべ》ルリのストーカーがダラーズだったって話があったでしょう】
餓鬼【ストーカーと同じぐらい狂信的な聖辺ルリファンがいたとして、ダラーズそのものを聖辺ルリの敵と見なしたとしたら? あるいは、もっと純粋に、ダラーズの人間に昔痛めつけられた人間が居て、復讐《ふくしゅう》を考えたとします。でも、リーダーがいないとされてる組織ではどうしようもない。そこで、矛先《ほこさき》が一番有名な門田という人物に向いたとしたら?】
しゃろ【個人的には無関係だろうと、ダラーズの代表みたいな感じで狙《ねら》われたってわけか。も

し本当にそんなんだったら、たまんねえなあ】
餓鬼【いや、それもまだ最悪じゃないですよ】
しゃろ【ええー？】
純水100％【ドキドキ……】
クロム【ああ、解《わか》りました】
クロム【これが、始まりに過ぎなかったら……って事ですね？】
餓鬼【その通りです】
餓鬼【最近、黄色いカラーギャングがまた復活したって噂《うわさ》もありますしね。黄巾賊《こうきんぞく》でしたっけ】
純水100％【えッ。それって、抗争になるって事ですか⁉】
純水100％【怖《こわ》い！　マジ怖い！】
餓鬼【まあ、それは飛躍《ひやく》しすぎかもしれませんけど】
餓鬼【実際、不安の材料は揃《そろ》っているんですよ】
餓鬼【平和島静雄《へいわじましずお》がダラーズを抜けたっていう噂《うわさ》一つとってもね】
しゃろ【あー、確かにダラーズを憎《にく》たらしく思ってても、静雄がいるんじゃ喧嘩《けんか》を売るに売れねえよなあ】
餓鬼【そこに来て、最近、ダラーズの内部粛清《しゅくせい》が噂《うわさ》になってるでしょう】
クロム【あ、私もそれ聞きました】

純水100％【粛清ってナニ⁉　チョーこわそうなんですけど！】
餓鬼【なんにせよ、ダラーズはもう警察にもマークされてるでしょうからね。ダラーズからは下手《へた》な真似《まね》はできないけれど、他《ほか》のチームは奇襲《きしゅう》し放題って状況ですし】
餓鬼【ダラーズは無色透明が売りではありますけれど、黄巾賊だってブルースクウェアだって、黄色や青の布きれを取ってしまえばダラーズと変わりありません。もし、プライドも名誉《めいよ》もかなぐり捨てて、ダラーズを潰《つぶ》そうとしたら……】
クロム【切り裂《さ》き魔《ま》事件の時みたいになりますかね】
クロム【あれも、結局切り裂き魔は逮捕《たいほ》されないままでしたけど】
餓鬼【それより何より、門田《かどた》って人が事故に遭《あ》ったこと自体が、最大の不安要素ですよ】
餓鬼【野球で言ったら、四番打者が交通事故で入院したようなものですよ】
餓鬼【指名打者の平和島静雄も、四番の門田もいない。ここぞとばかりに動き出すチームが出てきてもおかしくはありません】
純水100％【あーん！　もー！　もー！　駄目《だめ》駄目のダメダメですよ！】
クロム【？】
しゃろ【壊《こわ》れたｗ】
餓鬼【どうしました？】
純水100％【私達は多分……少なくとも私は池袋《いけぶくろ》が地元なんですから！　餓鬼《がき》さんもクロム

さんも、脅《おど》かすような怖《こわ》い話ばっかりしてちゃ駄目《だめ》ですよう！　ほら、さっきからサキさんが怖がって黙《だま》っちゃってるじゃないですか！】

餓鬼【これは失礼をしました。すいません】

クロム【そういえば、サキさんのレスが無いですね】

しゃろ【寝オチしたんじゃないっすかね？】

純水100％【サキさーん。起きてますかー】

純水100％【おーい、おーい】

・・・

Ryohgo Narita
DRRR!!
二章　同じ穴の狢

翌日　川越《かわごえ》街道某所《ぼうしょ》　新羅《しんら》のマンション

「門田《かどた》君が意識不明!?」

身体《からだ》のあちこちに包帯《ほうたい》やギブスを身につけ、布団《ふとん》に寝たきりの状態となっている岸谷新羅《きしたにしんら》。

医者の不養生《ふようじょう》というより、闇《やみ》医者の不用心が原因で大怪我《けが》を負う事になった彼は、現在自宅マンションで快復の日を待っている。

全治半年近くかかる重傷だったが、愛《いと》しい同居人に看病《かんびょう》される日々は彼なりに幸せなようで、痛みや不便に耐えつつもしっかりと笑顔を取り戻していた。

だが、その『愛しい同居人』よりもたらされた情報により、その笑顔が驚きの色に変わる。

『ああ、なんでも、轢《ひ》き逃げにあったらしい』

「轢き逃げ!?」

『ああ、どこかの路地で撥《は》ねられたみたいで、音を聞いて家から出てきた近所の人が、倒れてる門田《かどた》を見つけて救急車を呼んでくれたらしい』

メールで回ってきた情報を、自らのPDAに打ち直して新羅《しんら》に見せる同居人。

新羅は布団《ふとん》の中でそれを見て、難しい顔をしながら口を開く。

「命に別状はないのかい?」

門田とはそこまで親しい仲でもないが、高校時代からの知り合いであり、何度かこのマンションに招待《しようたい》した事もある。何よりも『同居人の正体』を知った上で、自分と彼女との仲を認めてくれている貴重な人間でもある。

同居人を第一に考える新羅も、彼女が無事である以上は他《ほか》の人間を心配する余裕《よゆう》はあるのだろう。別の友人が刺《さ》されたという時とは違い、真面目《まじめ》に門田の安否《あんぴ》を心配しているようだ。

『なんとか一命は取り留めたものの、まだ意識が戻らないらしい。快復するといいんだが』

一方、同居人の女性は、PDAには心配する言葉を書くものの、新羅と違って感情は全く顔に浮かんでいない。

もっとも、浮かべるべき顔がないだけの話で——彼女の首の断面からは、心中《しんちゆう》の不安を現すように、黒い『闇《やみ》』が小刻みに揺らめいていたのだが。

セルティ・ストゥルルソンは人間ではない。

俗に『デュラハン』と呼ばれる、スコットランドからアイルランドを居《きよ》とする妖精《ようせい》の一種であり――天命が近い者の住む邸宅《ていたく》に、その死期の訪れを告げて回る存在だ。

切り落とした己《おのれ》の首を脇《わき》に抱《かか》え、俗にコシュタ・バワーと呼ばれる首無し馬に牽《ひ》かれた二輪の馬車に乗り、死期が迫る者の家へと訪れる。うっかり戸口を開けようものならば、タライに満たされた血液を浴びせかけられる――そんな不吉《ふきつ》の使者の代表として、バンシーと共に欧州《おうしゅう》の神話の中で語り継《つ》がれて来た。

一部の説では、北欧《ほくおう》神話に見られるヴァルキリーが地上に堕《お》った姿とも言われているが、実際のところは彼女自身にもわからない。

知らない、というわけではない。

正確に言うならば、思い出せないのだ。

祖国で自分の『首』を盗《ぬす》まれた彼女は、己の存在についての記憶《きおく》を欠落してしまったのだ。

『それ』を取り戻すために、自らの首の気配を追い、この池袋《いけぶくろ》にやってきたのだ。

首無し馬をバイクに、鎧《よろい》をライダースーツに変えて、何十年もこの街を彷徨《さまよ》った。

しかし結局首を奪還《だっかん》する事は叶《かな》わず、記憶《きおく》も未だに戻っていない。

首を盗んだ犯人も分かっている。

首を探すのを妨害《ぼうがい》した者も知っている。

だが、結果として首の行方《ゆくえ》は解《わか》らない。

セルティは、今ではそれでいいと思っている。

自分が愛する人間と、自分を受け入れてくれる人間達と共に過ごす事ができる。

これが幸せだと感じられるのならば、今の自分のままで生きていこうと。

強い決意を胸に秘め、存在しない顔の代わりに、行動でその意志を示す首無し女。

それが——セルティ・ストゥルルソンという存在だった。


変わらないと、思っていた。

彼女は、そんな『いつも通りの自分』が、このまま変わらなければ良いと願っていた。

だが、彼女はこの夏、それが全《すべ》て覆《くつがえ》ろうかという状況に陥《おちい》っている。

首。

自分がこの国までやってきた原因である自分の頭部のありかが、ついに判明したのだ。

だが、彼女はその首の持ち主を前にしつつも、何もする事ができずにおめおめと引き下がってしまったのだ。

愛する新羅《しんら》が暴漢に襲《おそ》われ、犯人に対する激しい怒りが浮かんだ直後の出来事であり、感情の波が自分自身でも整理しきれない。果たして『人間』も、このような感情の変化に襲われる事があるのだろうか？　それとも、やはりデュラハンである自分は人間とは違うのだろうか？

そんな人間らしい悩みを抱《いだ》きつつも、セルティには自分と人間の心の差異が解《わか》らない。人間同士ですら感情の受け取り方は変わるものなのだが、種族が違うセルティには、昔からその不安が常に付きまとっているのだ。

今回、不安が極限に達した所で門田《かどた》の件を聞き、セルティの心は更《さら》なる混乱に見舞われる。

――なんで、こんな異常な事が続く？

奇《く》しくも、それはゆうべ彼女が参加しなかったチャットの話題と同じ疑念だった。

――何か、関係があるのか？

――ストーカー騒動《そうどう》は流石《さすが》に無関係だと思うが、どうも胸騒《むなさわ》ぎがする。

――臨也《いざや》が言っていた『澱切陣内《よどぎりじんない》』も、門田と関わりがあるとは思えないし……。

――本当に門田は、偶然《ぐうぜん》轢《ひ》き逃げにあっただけなのか？

――それとも、私の知らない所で、何かが起こっているのか？

不安は疑念を呼び、疑念は更なる不安を湧《わ》き上がらせる。

セルティはその不安を少しでも解消しようと新羅の傍《そば》にいるのだが、自分の首の所在が解った事を新羅に隠《かく》している為《ため》、その後ろめたさが彼女の心に別の鎖《くさり》を巻き付けていた。

「僕《ぼく》が万全だったとしても、流石《さすが》に車に撥《は》ねられた傷じゃ普通の病院に任せた方がずっといいしねえ。あとは無事な快復を祈《いの》るしかないよ」

『え？　ああ、そうだな』

新羅の言葉でセルティはハッと我に返り、再び意識を門田の話題に集中させる。

『お見舞いに行きたいが、私が病院に入れて貰《もら》えるとは思えないしな……』

「その前に、意識が戻ってないんじゃ普通に面会謝絶だよ」

『それもそうか』

「でも、心配だなあ」

布団《ふとん》の中で表情を曇らせる新羅《しんら》に、セルティは優しくPDAを向ける。

『大丈夫だよ。あいつは頑丈《がんじょう》な奴《やつ》だからな』

だが、次の反応はセルティの予想外のものだった。

「違うよ、心配なのはセルティの事さ」

『え？』

「門田《かどた》君が意識を取り戻したとしても、暫《しばら》くは入院が続くだろう？　その間に、ダラーズ周りでなんかゴタゴタが起きないといいなって。だってセルティ、帝人《みかど》君とかがそういうトラブルに巻き込まれたら、絶対お節介《せっかい》焼くでしょ？」

——驚いた。

——私と同じ事を。

新羅はセルティの機微《きび》から時々感情や思っている事を読み取るが、流石《さすが》に今ので考えを読まれていたならエスパーの部類に入るだろう。

——大丈夫、新羅はエスパーじゃない。たまたま同じ事を考えてただけだ。

——でも、やっぱりそういう心配はするんだな。

セルティはそう心を落ち着かせつつ、自分に言い聞かせる意味も含めて新羅の言葉に疑問を投げかけた。

『それはどうかな。ダラーズは結局上も下もないチームなんだし、門田がいるいないでそう大きな変化は起きないだろう』

「そうかな？　僕《ぼく》は、静雄《しずお》君が武力的な抑止力《よくしりょく》で、門田君は精神的な抑止力だったと思うんだ。外に対しても中に対してもね。変な真似《まね》をすれば、外部からだろうと内部からだろうと静雄に直接潰《つぶ》される。それは単純な話だけどね」

『まあ、そりゃ確かに』

「一方、門田君を敵に回すと、ダラーズの『外』からの攻撃《こうげき》の場合は、彼を中心にダラーズの一部が強く結束して、内部で何かやらかして彼に目をつけられたら、ダラーズの中で居心地《いごこち》が悪くなる」

新羅の淡々《たんたん》とした説明に、セルティは返す言葉もなく黙《だま》り込む。

「本人はダラーズの顔役だって事を否定してるけど、やっぱり大所帯《おおじょたい》になっていざこざが起きると、誰か『頼れる人』を探すもんだよ。自分一人でなんでも判断できる程に強い人は、そうそういないだろうからね。例えば、帝人君だって、相当門田君に頼ってた所はあると思うよ？」

『それはそうかもしれないが……』

杏里《あんり》から『帝人の様子がおかしい』と聞いていた事もあり、セルティの中で更《さら》に不安が膨《ふく》らんでいく。

——あの黒沼《くろぬま》って奴《やつ》が、これを機会になにか始めたりしなければいいけど。

そんな彼女の不安を感じ取ったのか、新羅《しんら》は、痛むのも気にせず布団《ふとん》から上半身を起こした。

セルティが『大丈夫か？』と打ち込むよりも先に、新羅は優しい微笑《ほほえ》みを彼女に向ける。

「大丈夫だよ、セルティ。ダラーズがどうなろうと、君は、君の正しいと思うようにすればいいんだ。たとえ、それで君が世界を敵に回したとしても、俺《おれ》はずっとセルティの味方だよ」

『新羅……ありがとう』

「御礼の必要なんてないよ。僕《ぼく》自身の為《ため》にそうしたいだけなんだから」

『でも、私はそんな下手《へた》な真似《まね》をするつもりは無いから安心してくれ』

照れ隠《かく》しの為《ため》か、矢継《やつ》ぎ早《ばや》にPDAに文字を打ち込むセルティ。指先から生まれる無数の影が高速で動き、黒い炎《ほのお》のようにキーパッドの上を踊《おど》り狂う
『ともかく、私の心配をするヒマがあったら、もっと門田《かどた》の事を心配してやれ。臨也《いざや》と静雄《しずお》しか明確な友達がいないお前にしたら、気軽に話せる数少ない知り合いの一人なんだぞ』

「やだなあ。友達の臨也が刺《さ》されたって聞いた時にすらお見舞いに行かなかった俺に何を期待してるんだい？」

『臨也の場合は自業自得《じごうじとく》だからいいんだ！』

心中《しんちゅう》で笑いつつ、いつも通りの空気を取り戻し始めたセルティ。

新羅の怪我《けが》が早く治り、こうした空気が永遠に続けばと、改めて思う。

だが――世の中、そう上手《うま》くはいかなかった。

新羅の為に何か簡単な料理でも作ろうと、セルティが立ち上がったのと同時に、彼女の携帯が振動を始める。

――誰だろう。

胸元から取り出した携帯電話を見ると、知らないアドレスからのメールだった。

また出会い系や海外からのフィッシングメールかと心中で嘆息《たんそく》し、メールを開く。

次の瞬間《しゅんかん》、彼女の心の時間が一瞬《いっしゅん》だけ停止した。

『黒沼青葉《あおば》です』

メールのタイトルには、それだけが書かれていた。

黒沼青葉。

セルティの正体も、このマンションの場所も知っていて、帝人《みかど》をそそのかして何かやろうとしている少年の名であり、つい数分前に彼が何かしないかと心配したばかりだ。

そして、セルティの不安は、最悪のタイミングで的中する事となる。

『お話ししたい事があります。一度、外で話しませんか?』

用件だけが短く書かれたその文章を見て――セルティの心は、再び不安の鎖《くさり》に囚《とら》われた。

♂♀

同時刻　四木《しき》の個人事務所

「で、ブンヤの旦那《だんな》、今日《きょう》はどういった御用件でしょう?」

「……」

粟楠《あわくす》会の四木が表向きの職業として経営している画商のオフィス。

来客用の革張《かわば》りソファに座る贄川周二《にえかわしゆうじ》は、ソファの柔《やわ》らかさとは対照的に全身を岩のように硬直《こうちよく》させている。

贄川が四木に会うのはこれが二度目であり、一度目は自分の所属するチーマー情報等の雑誌のワンコーナーである『東京《とうきよう》災時記《さいじき》』の取材という名目で訪れたのだが――

「さて、事前にアポもなく訪ねてくるとは、取材というわけではなさそうですね」

「は、はい。あの、私の個人的な事で四木さんのお手を煩《わずら》わせるというのは、その……」

「何、構いませんよ。これも何かの縁《えん》です」

四木は薄《うす》い笑みを浮かべ、相手と対等な目線で言葉を交わす。

「もっとも、御協力できるかどうかは、用件次第という事になりますが……私の所に来たという事は、何か厄介《やっかい》なトラブルをお抱《かか》えになっている、と思って良《い》いですかね」

四木の目の奥に冷たい光が宿り、それを感じ取った。

相手がどういう類《たぐい》の人間かは重々承知の上だが、娘《むすめ》に対する不安が募《つの》り、藁《わら》にも縋《すが》る思いでこの事務所に足を踏《ふ》み入れたのだ。ここで引き下がるわけにはいかないと、贄川は覚悟《かくご》を決めて口を開く。

「あの……恥《は》ずかしながら、身内の事でして……」

数分後

「なるほど。娘さんがダラーズにねぇ」

一通りの事情を聞き終えた四木は、暫《しば》し難しい表情で贄川を見つめていた。

「ど、どんな事でもいいんです。奴《やつ》らについて何か解《わか》ればと……」

焦《あせ》る贄川に、四木は『まあまあ』と手で落ちつかせる。

「しかし、それならば来るところを間違えたんじゃありませんか？　ダラーズはカラーギャングなんて言っていますが、所詮《しょせん》は素人《しろうと》さんの集まりですし、ネットのサークルみたいなものでただの女子高生やサラリーマン、小学生までが気軽に参加してるような団体ですよ。当然、上納金なんてものを我々や他《ほか》の同業者が受け取っている事にもなっちゃいません」

「はい。それは承知の上ですが……。最近のダラーズは、少し焦臭《こげくさ》い感じになってるようで」

「まあ、中にはそういう連中もいるでしょう。ダラーズは性質上、一枚岩どころか何種類もの地質に分かれた山みたいなものです。上の方じゃ草木が生《お》い茂っていようと、下の方じゃ地下水の代わりに硫酸《りゅうさん》が流れてるかもしれない」

「……」

毒などを通り越して『硫酸』とまで表現した四木《しき》。それが単なる脅《おど》かしの言葉とも思えず、贄川《にえかわ》は思わずツバを呑《の》み込んだ。

彼も雑誌の取材で様々な層に触《ふ》れているので、そういった社会の裏側については人よりも想像しやすいのだろう。

「わ、私もそれは解《わか》っているんですよ四木さん。だからこそ、心配なんです。前に取材した時もそうだったんですけど、街中でダラーズを名乗ってる連中といくら話した所で、ろくな情報は入ってこない。娘《むすめ》の顔も名前も知らない奴《やつ》らばかりです。娘とメールのやり取りをしていた奴らの特定すらできなく……。でも、元から裏側に身を置く方々なら、何か解るかもと……」

「そうですねえ……普通なら、警察か探偵《たんてい》に相談を、という事でお引き取り願うんですが、どのみち、ここに来たという事はそういうツテは全部辿《たど》った後という事でしょう」

四木もまた、雑誌記者をしている相手が自分達の職業をどう見ているかは理解した上で話をしている。だからこそ、下手《へた》な隠《かく》し立てはせず、相手の心に鎖《くさり》をつける。

「私個人では協力できませんが、情報を提供できそうな人間を紹介《しょうかい》する事はできますよ」

「お、折原《おりはら》さんですか？　彼とは何故《なぜ》か連絡《れんらく》が取れなくて……新宿《しんじゅく》にあった事務所も引っ越したみたいですし……」

「いえいえ、外部の人間ではありませんよ。私らの身内のものを紹介しましょう」

「ほ、本当ですか⁉　あ、あの、御礼はどのように……」

贄川としては、自分の少ない私財を全《すべ》てなげうつ覚悟《かくご》だった。しかし、それでも相手の要求する金額が用意できるかという不安はあった。同じ出版社の中にいる、こうした方面のエキスパートに間に立って貰《もら》うという手もあるのだが、個人的な事情で会社の人間も巻き込めないと考えたのだ。

しかし、四木から返ってきたのは、具体的な金額などではなかった。

「何をおっしゃいますか。私達は持ちつ持たれつ、そうでしょう、ブンヤの旦那《だんな》」

「えッ」

「金なんか貰うわけにはいきませんよ」

苦笑しながら首を振り、四木は背を僅《わず》かに丸めた状態で膝《ひざ》に手を置き、低い位置から獲物《えもの》を狙《ねら》う獅子《しし》のような目で贄川《にえかわ》を睨《ね》め上げつつ、四木《しき》は友好的な笑顔で口を開く。

「逆に、我々に何かあった時、御相談にのって頂ければいいんです。それだけで充分ですよ」

言葉だけを受け取れば、四木を優しい人間と受け取る者もいるだろう。現代では珍《めずら》しい男気《おとこぎ》溢《あふ》れる任俠者《にんきょうもの》と思う者もいるかもしれない。だが、贄川は知っていた。粟楠会《あわくす》の四木の場合は、そうした意味合いではないという事を。

雑誌記者である自分を、彼らのシノギに利用しようという魂胆《こんたん》だ。一回きりの金のやりとりで関係を断ち切るよりも、小さい出版社とはいえ『コンビニや一般書店にも出回る雑誌の記者』とのコネを持ち続けた方が有益と判断したのだろう。前回は外部の情報屋を紹介《しょうかい》しただけだったが、今回は同じ組の人間を紹介するというのだから、これを期にそれなりの関係を築き上げようとしているのだ。

自分達のイヌになれ。

早い話、四木はそう言っているのだ。時には、彼らに都合の良い記事を書けと言われる事もあるだろう。そうした形で粟楠会と個人的な繫《つな》がりを持つという事は、ある意味で私財を失うよりも遙《はる》かに恐《おそ》ろしい事になるかもしれない。

だが、贄川はここ一年ほどの『どこか普通ではない』娘《むすめ》の様子を思い出し、数回呼吸をした後に、覚悟《かくご》を決めて頭を下げた。

「解《わか》りました。四木さんのお気遣《きづか》い、痛み入ります」

「何を仰《おつしや》います。さっきも言いましたが、持ちつ持たれつでしょう、贄川さん」

ブンヤではなく初めて名字《みようじ》で呼んだ事について、贄川が感じたものは、親しみではなく、冷たいツタに全身を搦《から》め捕《と》られるような寒気だった。

「では、同僚《どうりよう》に電話してみましょう。なに、摑《つか》み所が無い男ですが、贄川さんならきっと上手《うま》く付き合えますよ」

「あ、あの、どういう御方《おかた》で……？」

これから紹介される新たな粟楠会の人間について不安を覚えたのだろう。贄川が恐る恐る尋《たず》ねると、四木はそれまでとは違う、商売を度外視した鋭《するど》い笑みを浮かべて呟《つぶや》いた。

「……まあ、赤鬼《あかおに》、なんて呼ばれてますが、今は角《つの》も牙《きば》も丸くなっているので安心ですよ」

と、心にもない一言を。

♂♀

都内某所《ぼうしよ》　某マンションバー

「ええ、東京ウォリアーの記者のニエカワさんですね。了解了解《りようかい》。それじゃ、私はいつものバーに居ますんで、そちらに寄越《よこ》して下さい」

マンションの一室を改造して作られたバーの奥。

携帯の通話を終えると同時に、静かに梅酒を啜《すす》る赤林《あかばやし》。

一口だけ飲んだ後、ハッと目を見開き、「こりゃ失敬」と口にした。

「いやいや、電話で話の腰《こし》を折った事を謝るのが先だったねぇ。悪い悪い。おいちゃんも歳《とし》だから、いつもの一人飲みの感覚だったよ」

「お気になさらず。どうせ、すぐに終わる話ですから」

黒曜石《こくようせき》に刻まれた瑕《きず》のような冷たい笑みを浮かべるのは、夏場だというのに黒い服を纏《まと》った青年──折原臨也《おりはらいざや》だ。

熱を感じさせない言葉を前に、赤林は改めて目の前の情報屋に問いかける。

「で、この資料にあるように、竜ヶ峰帝人《りゅうがみねみかど》君……ってのがダラーズの創始者ってのは間違いないのかい？」

「ええ、調べてみて色々と驚きましたよ。後輩《こうはい》が、ダラーズの中心人物だったなんて！」

大仰《おおぎょう》に驚いてみせる臨也に、赤林は梅酒のコップを手の中で揺らし、笑った。

「白々しい事を言うのはやめときなよ、情報屋さん。それを知ってたから、あんたは竜ヶ峰君とやらに近づいたんだろう？」

全《すべ》てを見透《みす》かすような赤林の言葉に、臨也は肩《かた》を竦《すく》めて言い返した。

「それは御想像にお任せしますよ。貴方《あなた》の依頼は竜ヶ峰帝人の情報であって、私の情報じゃあないでしょう？」

「ほお、金を払《はら》えばあんたの企《たくら》みは何かって情報も、全部売ってくれるってのかい？」

「人の心は売り物じゃありませんよ、赤林さん」

「違いないねえ、こりゃ、おいちゃんが悪かった」

互いに笑いつつも、欠片《かけら》も油断はしていない。

——やっぱり、やりにくい相手だねえ。

——これが、粟楠《あわくす》の赤鬼《あかおに》か。

飄々《ひょうひょう》とした態度や目線を隠《かく》す色眼鏡《めがね》のせいで、赤林の心中《しんちゅう》は中々読み取れない。読め無さ加減では四木と良い勝負かもしれないと臨也は判断するが、二人には性質的な違いがある。

心を鉄のように閉ざす四木とは違い、赤林は液体のように捕らえどころがないのだ。

それでいて、単なる水ではなく、ガソリンのようにいつ爆発《ばくはつ》するか解《わか》らない危険な不気味《ぶきみ》さも持ち合わせている。

だが、その危険を恐《おそ》れる事なく、臨也は更《さら》に『仕事上の雑談』を続ける。

「そもそも、赤林さんも知ってて俺《おれ》に依頼したんじゃないですか？　彼がダラーズの中で重要人物だって事に」

「どうかな。刑務所《けいむしょ》帰りの奴《やつ》から面白《おもしろ》い噂《うわさ》を聞いたりはしたけどねえ」

言いながら、赤林はテーブルの上に置かれた一枚の写真——竜ケ峰帝人の近影を指でクルクルと回し始める。

「ただ、まあ、正直、ダラーズのリーダーって事は隠《かく》すかと思ってたよ」

「それはまた、どうしてです？」

「おいちゃんみたいな生業《なりわい》してる人間に知られたら、情報屋のお兄《にい》さんとしちゃ色々と不都合なんじゃないかと思ってねぇ」

「買いかぶりですよ。粟楠会《あわくす》の人に隠し事をしてまで何かを企《たくら》める程の度量はありません」

動揺《どうよう》一つ見せずに首を振る臨也《いざや》。

「どうかな。あんたは、何か企まないと生きていけないって面《つら》だけどねぇ」

赤林《あかばやし》は回していた写真をヒョイと摘《つま》み上げ、そのまま臨也に渡された資料の束《たば》に挟《はさ》み込んだ。

「昔の俺《おれ》だったら、理由もなく叩《たた》き殺すようなタイプだ」

「脅《おど》かしっこなしですよ」

「いやいや、安心していいよ。今のおいちゃんはもう若くねぇんだし。そんな血気盛んじゃないからさ。それに……」

一旦《いったん》そこで言葉を止め、梅酒を一口啜《すす》る赤林。

「それに？」

「おいちゃんの代わりに、若いバーテン服の兄《にい》ちゃんがあんたを叩き殺そうとしてるみたいだからねぇ。荒事は若い世代に任せるさ」

「……」

一瞬《いっしゅん》だけ顔から笑顔を消しかけた臨也だったが、苦笑混じりの溜息《ためいき》を吐《つ》く事で心の中の揺《ゆ》らぎを消し去った。

「馬鹿な事を言わないで下さい。あんな獣《けもの》みたいな奴《やつ》に何ができますか」

「獣に勝てる人間ってのは、そうそう聞いたことがないけどねぇ」

「だから、人間は武器を持つんですよ。個人も、そして社会としてもね」

相手の言葉の意味を少し考えた後、赤林は色眼鏡《めがね》の奥で目を僅《わず》かに尖《とが》らせる。

「使うつもりかい、その社会の武器って奴を」

「……」

赤林の問いに、臨也は答えない。

ただ、不敵な笑みを浮かべるだけだ。

しかし赤林は特に不満も持たず、資料を束ねて大判の茶封筒《ふうとう》にしまい込んだ。

「まあいいさ。とりあえず、竜ケ峰帝人《りゅうがみねみかど》についての情報は引き続き頼むよ。礼金はそれなりに弾《はず》むからさ。ああ、何か頼むかい？　ここの店、Tボーンステーキが美味《うま》いよ」

「せっかくですが、今日《きょう》はまだ仕事がありますので……」

「そうかいそうかい、働き者は大変だねぇ。過労死しないように気を付けなよ」

席を立つ臨也に、赤林は手を振りながら別れの挨拶《あいさつ》を手向《たむ》ける。

言葉の中に、警告ともとれる気遣《きづか》いを含ませながら。

「情報屋の働き過ぎは、身体《からだ》に毒だからねぇ」

「……御忠告、感謝しますよ」

「ああ、それと、もう一つ」

「はい？」

立ち止まった臨也《いざや》に、赤林《あかばやし》は飄々《ひょうひょう》としたまま言葉を贈《おく》る。

「最近、ダラーズ周りが焦臭《こげくさ》いのは知ってると思うけど、気を付けなよ。ダラーズは、それ自体が一つの街みたいなもんだけどさ、その街に今、火が燻《くすぶ》り始めてる状態だよねぇ」

「どうしたんです？　突然《とつぜん》」

「最初に火を点けたのがアンタだとしても、火種《ひだね》は一ヶ所とは限らないって事さ」

意味深《しん》な言葉を吐《は》き出し、あとは臨也の方を見る事もなく、梅酒の水面を見つめながら独《ひと》り言のように呟《つぶや》いた。

「自分が起こした火事を安全なとこから眺《なが》めてた放火魔《ほうかま》が、いつの間にか別の奴《やつ》の火に焼かれる事なんざ、そうそう珍《めずら》しい事じゃあないんだぜ。おいちゃん達の世界じゃ、特にね」

♂♀

夜　波江《なみえ》のマンション

矢霧《やぎり》波江は逃亡者だ。

かつて自分の所属していた会社から『デュラハンの首』という重要機密を奪《うば》い、そのまま逃走を続けている身だ。

だが、東京《とうきょう》から遠くへ逃げるような真似《まね》はしない。

捕まること以上に恐《おそ》ろしかったのが、愛する弟である矢霧誠二《せいじ》から離れる事だったからだ。

彼女は最初、雇《やと》い主である折原《おりはら》臨也から紹介《しょうかい》されたマンションに住んでいたのだが、彼の事をまるっきり信用していない為《ため》、現在は別のマンションを他人名義で借りて隠《かく》れ住んでいる。

臨也の事務所への『通勤』も、尾行《びこう》には細心の注意を払《はら》っており、油断をしたことはこれまで一度もなかった。

唯一油断があるとすれば、人目のある街中《まちなか》では矢霧製薬の人間も大ごとを起こすことはないだろうと判断し、特に大がかりな変装はしていないという事だ。彼女自身、自分が街中で竜ケ《りゅうが》峰帝人《みねみかど》の身柄《みがら》を攫《さら》おうとしていた事は忘れているようだが、一年以上何の動きもない事から、

『もう手出しはしてこないだろう』という思いもある。

しかし、それでも彼女の名誉《めいよ》の為《ため》に言うならば、この日も矢霧波江《やぎりなみえ》はいつも通りの注意を払《はら》って行動した事は確かだった。

誰かの尾行《びこう》等が無い事を完全に確認した上で、自宅マンションの前まで辿《たど》り着いたのである。

だが、その後、彼女の警戒《けいかい》を上回る事態が起きた。

この時間帯、このマンションの通りは人通りが殆《ほとん》どない筈《はず》なのだが——

その道の奥に、一台の黒いRV車が止まっているのが気になった。

かなり大型の四輪駆動車《くどうしゃ》で、街中《まちなか》の狭《せま》い路地にはあまり似つかわしくないタイプの車である。

「……」

波江は、己の中の警戒レベルを僅《わず》かに引き上げ、足を止めぬまま、注意深く周囲の様子を窺《うかが》った。

そして次の瞬間《しゅんかん》、彼女の警戒レベルは最大まで引き上げられる。

ちらりと後ろに目を向けた瞬間《しゅんかん》——自分の背後、今しがた入ってきた路地の入口から、同じように黒いバンが曲がってくるのを目にしたからだ。

——挟《はさ》まれた！

勘違《かんちが》いであればそれでいいが、そんな期待など、彼女の中で行動を起こさない理由にはならない。

彼女はすぐに走り出す事はせず、冷静を装って歩き続ける。

もしも黒いRV車の中にいるのが自分を追う『敵』だとしたら、気付かれた時点で即座に行動に移すと思われたからだ。

無防備なフリをして、ギリギリの距離で一気に行動に移る。

そのプランを決めた波江は、全身の神経に緊張《きんちょう》を巡《めぐ》らせつつ、その糸が完全に張り詰《つ》めないようにしながら平常心を装い続け、効率的に逃げるプランを練り続けた。

だが――

彼女の出鼻《でばな》を挫《くじ》く形で、マンションの門の陰から一人の男が姿を見せる。

そして、その男の顔を見た瞬間、緩《ゆる》ませた緊張の糸が今にも千切《ちぎ》れんばかりに張り詰めた。

何しろ、波江の目の前に現れた男は――彼女の良く知る顔だったからだ。

「久しぶりだな、波江」

白髪交《しらがま》じりの男は、波江を見て、特に感情も乗せずに呟《つぶや》く。

「まさかとは思うが、今まで気付かれていないとでも思っていたか？」

対する波江は、背中に冷たい汗《あせ》を滲《にじ》ませつつ口を開いた。

「矢霧……社長……」

波江《なみえ》の言葉を聞き、男は溜息《ためいき》と共に首を振る。

「君の退職手続きは済ませてある。もうそんな他人行儀《ぎょうぎ》な呼び方をする必要はないんだ。昔のように、『清太郎伯父《せいたろうおじ》さん』、と呼んでくれていいんだぞ」

少し残念そうに言った男——矢霧清太郎は、姪《めい》である波江に一歩近づいた。

「お前の居場所は前から摑《つか》んでいたものの、迷っていたよ。可愛《かわい》い姪を追い詰《つ》めるようなマネをしても良い物かどうか」

大仰《おおぎょう》に悩むフリをする伯父を見て、波江は露骨《ろこつ》に顔を顰《しか》め、舌打《したう》ちする。

「父《とう》さん達を会社の捨て駒《ごま》にした癖《くせ》に、今さら家族の情を持ち出すの？　清太郎伯父さん」

「それもそうだな」

あっさりと認め、スーツの襟《えり》を正す清太郎。

彼は腕《うで》時計に目をやった後、手を波江の方に差し出し、言った。

「まあ、積もる話は後にしよう。ここだと通行の邪魔《じゃま》になるからな」

「……人目につくから、の間違いじゃない？」

波江が皮肉目的の問いを口にした瞬間《しゅんかん》——

「その通りです。大人《おとな》しく御同行頂けると助かります」

氷のように冷淡な女の声が、波江の首筋をゾワリと撫《な》でる。

「!?」

慌《あわ》てて振り返ると——そこには、スーツ姿の女が立っていた。

——誰？　いつの間に……!?

——いや、この女……見覚えがある！

高そうな眼鏡《めがね》をかけ、背広を見事に着こなすビジネスウーマン風の女性。

整った顔立ちに浮かぶ冷たい表情が、特撮映画等に出てくる機械人間を想像させる。

——こいつ……臨也《いざや》が調べてた澱切《よどぎり》とかいう奴《やつ》の秘書……。

パソコン上の画面で見た、望遠レンズ越しの写真。

その横に書かれていた名前を思い出し、相手を睨《にら》み付けながらその名前を呟《つぶや》いた。

「鯨木《くじらぎ》かさね……」

「私の名を御存知《ごぞんじ》とは恐縮《きょうしゅく》です」

「何故《なぜ》、澱切陣内《じんない》の秘書の貴女《あなた》が、清太郎伯父さ……ッ！」

途中《とちゅう》まで動揺《どうよう》したフリをしていた波江は、相手の虚《きょ》をつき、鯨木の顔面を手の甲《こう》で払《はら》う。

「……ッ」

動揺したのは事実だが、途中から即座に心を切り替え、鯨木の油断を誘《さそ》ったのだ。

——なんで伯父さんとこいつが一緒《いっしょ》にいるのか知らないけど。

——厄介《やっかい》ごとは、御免被《ごめんこうむ》るわ。

鯨木の視界を一瞬《いっしゅん》だけ眩《くら》ませると同時に、波江は既《すで》に開けていたバッグの口からスタンガンを取り出し、一切の無駄《むだ》を省いた動きで相手の鳩尾《みぞおち》に突《つ》き当てようとした。

だが――一瞬《いっしゅん》早く鯨木《くじらぎ》が身体《からだ》を回転させ、それを避《よ》けると同時に、スタンガンを握《にぎ》る波江《なみえ》の右手首をガシリと掴《つか》む。

革手袋《かわてぶくろ》の冷たい感覚が波江の手首の感覚を凍《こお》らせる。

スタンガンの放電音が響《ひび》くが、鯨木のスーツにあと一歩届かない。

「くッ……！」

「……」

鋭《するど》く睨《にら》み付ける波江とは対照的に、鯨木はあくまで無表情のまま、僅《わず》かに下に位置する『敵』の顔を見つめていた。

「この状況で随分《ずいぶん》すました顔をするのね。ロシア人の女傭兵《ようへい》と同じ不感症タイプ？」

皮肉に満ちた軽口で気を逸《そ》らし、反撃《はんげき》の為《ため》に重心をずらそうとする波江だったが――

――……？

――動か……ッ!?

掴まれている右手首。そこに自分の身体の中心が移動したかのような感覚。

その一箇所を押さえられているだけで、全身を痛みと圧迫感が駆《か》け抜ける。

「その問いに、答える必要はありません」

淡々《たんたん》と皮肉を受け流しつつ、鯨木は空いた左手を、波江の手首を掴む右腕《みぎうで》の肘《ひじ》に添えた。

「？」

なんの意味があるのかと眉《まゆ》を顰《ひそ》めた波江《なみえ》だったが——

チキ、という小さな音が鳴った瞬間《しゅんかん》、全身に衝撃《しょうげき》が駆《か》け巡《めぐ》る。

「〜〜〜ッッ！」

何をされたかは即座に理解した。

掴《つか》まれた右手首から、非常に強い電圧の一撃《いちげき》を食らわされたのだ。

——スタンガン……いや、スタン……グローブ……⁉

グローブにコードを伸《の》ばし、外部装置で操作《そうさ》するスタンガンと革手袋《かわてぶくろ》の歪な合成品《キメラ》。

折原臨也《おりはらいざや》が、かつて遊び半分で買った事もある、荒唐無稽《こうとうむけい》なスパイ映画に出てくるような代《しろ》物《もの》だ。思えば、掴まれた瞬間《しゅんかん》に感じたあの冷たさは、革の物ではなく電極となる金属面のものだったのかもしれない。

冷静にそう分析する事ができたのは、電流が迸《ほとばし》ったのはほんの一瞬《いっしゅん》だけで、すぐに彼女の身《から》体《だ》が痛みから解放されたからだ。

だが、脳は冷静になる一方で、手足の筋肉はロクに動かない。

膝《ひざ》を落としつつも下から睨《にら》み付ける波江を無視し、鯨木《くじらぎ》は淡々《たんたん》と清太郎《せいたろう》に問いかけた。

「どうしますか。このまま眠《ねむ》らせる事もできますが」

もう一度、今度は気絶するまで電撃《でんげき》を喰らわせるつもりなのか、あるいは薬物でも使うつもりだろうか。

ろくに動かぬ身体《からだ》のまま、逆転の目を探し続ける波江。

だが、清太郎が次に放った一言で、彼女の思考がリセットされる。

「ま、縛《しば》りあげるぐらいでいいだろう。誠二を連れてきた時に目が覚めないようでは話が進まんからな」

ビキリ、と、波江の後頭部で何かが鳴った。

「周りの住人の留守《るす》は確認済みだ。叫《さけ》んでも無駄《むだ》だぞ波江。まあ、マンションの上階の連中に気付かれた所で、家出した姪《めい》を両親に代わって連れ戻しに来たと言い張るつもりだがね。ウソは何一つないわけだしな」

そんな清太郎の嘲笑《ちょうしょう》を無視し、数秒前に彼の口から出た名を復唱する波江。

「誠……二……？」

波江は全身の力を一旦《いったん》抜き、ゆっくりと、ゆっくりと——心霊《しんれい》動画に映る怨霊《おんりょう》を思わせる動きで伯父《おじ》を睨《ね》めあげる。

「ああ、お前に言う事を聞かせるには、それが一番だろう？　少しばかり誠二には痛い目を見て貰《もら》うかもしれんが、それが嫌《いや》なら……」

刹那《せつな》——

電撃によって麻痺《まひ》していた全身の筋肉を、意思の力だけで無理矢理稼働《むりやりかどう》させ、波江は伯父に明確な殺意を向けて牙《きば》を剝《む》く。

「なッ……」

本当に喉笛《のどぶえ》を嚙《か》み千切《ちぎ》るのではないかという眼孔《がんこう》に、清太郎《せいたろう》は一瞬《いっしゅん》身を竦《すく》ませた。

だが、彼女の牙は届かない。

突然《とつぜん》動き出した波江《なみえ》にも動じる事なく、鯨木《くじらぎ》が波江の手首を決して離さなかったからだ。

ワイヤーを巻き付けられたかのような圧力に全身を止められた直後、スタングローブから再び電流が流れ、波江の全身を掻《か》き乱す。

「……ッ！　あ……くあ……ッ！」

今回もスイッチは一瞬《いっしゅん》で切られたものの、波江の全身から完全に力が抜ける。

「矢霧《やぎり》社長。言葉にはお気を付け下さい」

淡々《たんたん》と呟《つぶや》く彼女の背後に、複数の影が現れる。

RV車から降りてきた、彼女の仲間と思《おぼ》しきスーツ姿の男達だ。

反対側のRV車からも降りてきていたようで、清太郎の背後にも二人ほど歩み寄る。

「この手の輩《やから》は、愛の為に自分の痛みすら支配します」

「あ……？　あ、ああ。そうだな。君の言う通りだよ鯨木君」

愛、という単語が鯨木の口から出た事に、清太郎は強い違和感を覚えるものの、それにツッコミを入れるような余裕《よゆう》もない。

ほんの一瞬とはいえ、彼は自分の姪《めい》の剣幕《けんまく》に怯《ひる》んだからだ。

「悪い子だ、波江。自分の伯父《おじ》に暴力を振るおうとするなんて」

甥《おい》を人質《ひとじち》に取ると断言した自分は棚《たな》にあげ、清太郎はすっかり冷静さを取り戻す。鯨木がいつの間にか取り出していた指錠《ゆびじょう》で波江の両手の親指同士を背で繋《つな》ぎ止め、そのまま車に連れ込もうと周囲の男達に合図した。

だが、波江はそんな男達を振り払《はら》うように、自分の力で立ち上がる。

「誠二《せいじ》に……なにかしてみなさい……」

逃走するでも従うでもなく、彼女はただ、一つの宣言をする為《ため》に力の全《すべ》てを振り絞《しぼ》った。

「貴方《あなた》達全員……鉋で全身の皮を削いで……酸で筋肉を溶かして……骨を爪先からおろし金で、、、、、、、、、、、、、、、、、、、、削りきってやる……生きたまま……いえ、殺した後だろうと絶対に削《けず》りきってやるわ！」

実の伯父に対してそこまで言い切る波江の言葉に、ウソはない。

幼い頃から彼女を知っている清太郎だが、つい先刻、波江の殺気を浴びなければ、単なる下《げ》卑《び》たハッタリだと思ったかもしれない。

だが、今は違う。

矢霧波江は、本気で今言った事を実行するつもりだ。

清太郎はそう確信するも、尚《なお》も自分の優位は疑わない。

矢霧誠二を盾《たて》にすれば、彼女はもう、何もできない。

自分の命よりも、弟の安全を優先する事だろう。

それも、同時に確信する事ができたからだ。

「言葉遣《づか》いがなっていないな、波江《なみえ》」

「……」

「そんな乱暴な調子じゃ、誠二《せいじ》に嫌《きら》われるぞ？　もっとも、誠二には『首』しか見えていないだろうがな」

挑発《ちょうはつ》するような清太郎《せいたろう》の言葉に、波江は更《さら》に殺意を煮えたぎらせ、そんな彼女の後ろに立つ鯨木《くじらぎ》は、眼鏡《めがね》の奥の目を僅《わず》かに細めるだけだった。


そして、この日を境に――矢霧《やぎり》波江は、池袋《いけぶくろ》の街の表側から姿を消した。

雇《やと》い主である臨也《いざや》の前からも。

自らの命よりも大事な、愛する愛する弟のことを想《おも》い続けながら。

♂♀

同時刻　来良《らいら》総合病院

夜も更《ふ》け、面会時間も終わりを迎えた大病院の待合室《まちあいしつ》。

本来なら誰もいない筈《はず》の場所だが、現在、十人ほどの人間が沈痛な面持《おもも》ちで座っている。

その片隅《すみ》に、園原杏里《そのはらあんり》と狩沢絵理華《かりさわえりか》の姿があった。

現在、門田《かどた》は二度目の手術中であり、意識が戻らぬまま集中治療室《ちりょうしつ》と手術室を出入りする形となっている。

門田の父親は、仕事を終えて手術室の前の待機室《たいきしつ》にいるが、家族以外はこの総合待合室で手術の成否に気を揉《も》んでいる状態だ。

一命を取り留めた、とは言うものの、まだ予断は許さない状態だ。

手術が始まってから、そんな緊迫《きんぱく》した状態が一時間以上も続いているのだが——

不安そうに俯《うつむ》いているだけの杏里の横で、狩沢がおもむろに口を開いた。

「杏里ちゃん、無理しなくてもいいのに。待ってるだけって、退屈でしょ？」

病院という事を気遣《きづか》ってか、杏里にだけ聞こえるぐらいの声で呟《つぶや》く狩沢。

そんな彼女に、元からか細い声の杏里は、いつもより少し小さいぐらいの声で言葉を返す。

「いえ、ここに居させて下さい」

「物好きだねぇ。普段世話になりっぱなしの私とか、ドタチンに片想いしてるアズリンやレーちゃん達ならともかくさ」

アズリンにレーちゃんというのは、狩沢《かりさわ》のコスプレ仲間内の二人で、杏里《あんり》と同い年か少し年上ぐらいの少女達だ。ここ数日の間に何度か顔を合わせただけだが、その二人が門田《かどた》に片想いしているという事は、彼女達の目の前で狩沢から聞かされた。

彼女達は憔悴《しょうすい》しきった様子で、『なんであっさりそういう事を人にバラすのさ!』と、涙目《なみだめ》で狩沢の肩《かた》をポカスカ叩《たた》いてた時の面影《おもかげ》は欠片《かけら》も残っていない。ただ、それでも彼女達は待合室《まちあいしつ》の座席の一番前に座り、二人で肩を寄せ合いながら門田の無事を祈《いの》り続けている。

「あの子達だけじゃなくて、ドタチン狙《ねら》ってる娘《こ》、結構いるんだよ。本人は鈍《にぶ》いから全然気付いてないけど、意外とモテモテなんだよねー」

他人事《ひとごと》のように語る狩沢は、杏里にいつも通りの笑顔を見せる。

「昨日《きのう》もロクに寝てないんでしょ、杏里ちゃん。ごめんねー、ほんとに、杏里ちゃんが気にする事なんてないのに」

「そんな事ありません。門田さんには、何回も助けられてますから……」

——私だけじゃなくて、竜ケ峰《りゅうがみね》君や紀田《きだ》君も……。

杏里はそう思ったが、敢《あ》えて口には出さず、誤魔化《ごまか》すように狩沢に問いかけた。

「狩沢さんこそ、一睡《いっすい》もしてないんじゃないですか?」

杏里は一度家に帰ってから、再び手術の話を聞いて病院に戻ったのだが——

待合室にあったものは、目の下に深いクマを作った狩沢の笑顔だった。

狩沢だけではなく、先ほど話題に出たアズリン——筒川《つつかわ》アズサやその他《ほか》の者達も、ろくに寝ていないというのが見て取れた。門田の父親に到っては、寝ないまま昼に仕事をこなし、そのまま仮眠も取らずに待機室《たいきしつ》につめているという。

「ま、私はともかく、他《ほか》に集まってるみんなは、ドタチンの事が本気で自分の身体《からだ》より心配なんだと思うよ。ある意味、ドタチンがいなかったらまともに生きてない人達ばっかだし」

「えッ……？」

「ドタチンってさ、もうお節介《せっかい》焼きの天才っていうか、困ってる人を見て見ぬふりできないっていうか、ステレオタイプ過ぎて最近じゃ漫画《まんが》ですら減ってきたような『お人好し』なんだよね。でも、そんな古いタイプのお人好しに助けらた人が、それだけたくさんいるって事かな」

そう言われて、杏里は改めてこの一日の事を思い返す。

門田が事故にあったという報を聞いて、驚く程に取り乱したアズサ達を落ち着かせた後、狩沢について病院に来たのだが——面会時間も診察《しんさつ》時間も終えた病院の前には、十人や二十人ではきかぬ程の人数が集まっていた。その全《すべ》てが門田を心配して駆《か》けつけた者達だと聞き、杏里は門田京平《きょうへい》という人物の持つ『力』に改めて驚いた。

一命を取り留めたという報から、徐々《じょじょ》に人数は減ったものの——杏里が聞いた話では、今日《きょう》の昼間も入れ替わり立ち替わり、門田の身を案じて病院を訪れる者達が絶えなかったという。

「来たって面会謝絶なのにさ。まったく、病院も迷惑《めいわく》だろうに、後先《あとさき》考えない人達ばっかり集まっちゃってさー。ほんと、しょうがないよねえ」

目の下のクマを感じさせないぐらいに柔《やわ》らかい笑みでカラコロと笑い、杏里《あんり》に優しい声を届ける狩沢《かりさわ》。

そんな狩沢の笑顔に、杏里は自らの緊張《きんちょう》と不安が和《やわ》らいでいくのを感じていた。

だが、それと同時に——彼女の中に、一つの疑問が湧《わ》き起こる。

ここに集まっている者達や、昼に訪れたという何十人もの見舞客。

門田《かどた》の人徳を強く感じ取る話だが、杏里はどうしても違和感を拭《ぬぐ》う事ができなかった。

彼に世話になった人間という事で、真っ先に思い浮かぶ者達の姿が見えなかったからだ。

最初は、門田の家族と一緒《いっしょ》に待機《たいき》室《しつ》の方にいるのかとも思ったが、だとするならば狩沢がここにいるのがおかしい。

数分間、聞くべきか聞かないべきか迷い続けた杏里だが、結局は胸の奥から湧《わ》き上がる『嫌《いや》な予感』の圧力に負け、その疑問を口にした。

「あの……遊馬崎《ゆまさき》さんと、えっと、ワゴンの、運転手の人は……」

すると、狩沢は、ほんの数秒だけ目を逸《そ》らす。

そして、答えの代わりに、先刻の話の続きを口にした。

「……ドタチンってさ、ムスっとしてる事が多いけど、本当にお節介《せっかい》焼きで、お人好しなんだよねー」

「？」

「普通の人なら見捨てるようなどうしようもない奴《やつ》でもさ、一度仲間だって決めたら、最後まで見捨てないでくれるし、間違ったことをしようとしたら、きちんと怒《おこ》ってくれる」

狩沢の声が徐々《じょじょ》に重いトーンになるのを感じ、杏里は無意識のうちに唾《つば》を呑《の》む。

「ドタチンはね、私達の支えであると同時に……歯止めでもあるの」

「歯止め？」

首を傾《かし》げる杏里の方には目を向けず、狩沢は天井《てんじょう》を見上げながら淡々《たんたん》と言葉を紡《つむ》ぎだした。

彼女の顔からはいつの間にか表情が消えており、最初に彼女の部屋で門田の事故を聞いた瞬《しゅん》間《かん》と同じ空気を纏《まと》っている。

「私がここにずっといるのは、ドタチンが心配っていうのはちょっと違うかもしれない。私は、ドタチンは人一倍頑丈《がんじょう》だって信じてるからね」

「じゃあ、どうして……」

「私がここにいるのは……ドタチンが目を醒《さ》ました瞬間《しゅんかん》を、一秒でも早く知る為《ため》かな」

「？」

更《さら》に首を傾《かし》げる杏里に、狩沢は言う。

「それで、電話するの。ゆまっちとか渡草《とぐさ》っちとか、他《ほか》のみんなに、『ドタチンが目を醒《さ》ましたよ。もう大丈夫だよ』って」

乾《かわ》いた声。

怒気《どき》が籠《こ》もっているわけでもないのに、杏里《あんり》は狩沢《かりさわ》の声に気圧《けお》される。一年前までの杏里ならば、そんな声も『他人事《ひとごと》』と割り切って受け流せたかもしれないが、多くの人々と関わりを持つようになった今は、その声の裏側にある冷たい炎《ほのお》を感じとれるようになっていた。

狩沢は一度溜息《ためいき》を吐《つ》いた後、杏里の方にちらりと目を向け、自嘲《じちよう》気味に微笑《ほほえ》みかける。

「そうしないと、みんな止まらないしね」

「止まらない……？」

聞いてはいけない。

一瞬《いつしゆん》、頭の中にそんな警告が過《よ》ぎったが、杏里はそこで会話を止める事ができず、話の続きを促《うなが》してしまった。

そして、狩沢は、杏里以外に聞こえぬ小声のまま——

あっさりと、その答えを口にした。

「みんなが警察よりも先に轢《ひ》き逃げ犯《はん》を捕《つか》まえたりしたら……みんな、その犯人を殺しちゃうと思うから」

「……ッ！」

「特に、ゆまっちが一回キレたら、ドタチンじゃなきゃ止められないよ」

大袈裟《げさ》な言葉ではない、というのは、杏里にも理解できた。

次の言葉を口にした時の狩沢が――いつも通りの笑顔だったからだ。

「私も、、、、、、、、そのつもりだし」


その笑顔が、逆にその言葉が真実であると杏里の本能に告げ――結局何も言う事ができず、ただ狩沢の言葉を受け入れる事しかできなかった。


外からは雨音が聞こえ始め、静かな病院内の空気をしっとりと湿《しめ》らせる。

手術が終わったという報告もなく、当然ながら、門田《かどた》の意識はまだ戻らない。

自分の周囲を取り巻く不穏《ふおん》な空気が、杏里の中に別の不安を湧《わ》き上がらせる。

――そんな事ないって思いたいけど……。

――竜ケ峰《りゅうがみね》君や紀田《きだ》君にも、何か嫌《いや》な事が起こりそうな気がする……。

それは、単なる『嫌な予感』に過ぎず、なんの根拠《こんきょ》があるわけでもなかった。

だが、彼女の周囲で目にするここ半年ほどの『嫌な流れ』が、徐々《じょじょ》にその勢いを増している気がするのだ。

必死で否定しようとするも、その不安を解消する材料もないまま、徐々《じょじょ》に強まる雨音が彼女の中に踊《おど》り続けた。

彼女の身体《からだ》の内側から罪歌《さいか》が唄《うた》う、『愛の言葉』にリズムを合わせているかのように。

♂♀

都内某所《ぼうしょ》　公園内
池袋《いけぶくろ》に近接する某市内の中央公園。

コンビニの前では、近場にある串灘高校《くしなだこうこう》の生徒達が屯《たむろ》していた。

串灘高校は近隣《きんりん》でも有名な不良高であり、かつては池袋の来神《らいら》高校と双璧《そうへき》を成していた。

もっとも、平和島静雄《へいわじましずお》が卒業した上、合併により来良学園へと変わった事により、来神高校からは不良高校のイメージが消えてしまった。その為《ため》、現在は串灘高校が近隣でトップクラスの不良高としてのさばっている。

そんな彼らの中でも、三年の中心メンバーと言われる猛者《もさ》達がコンビニの前で屯していると、空からポツリポツリと雨が降り始めた。池袋の街を濡《ぬ》らしている雨雲が、こちらにも足を伸《の》ばしたようだ。

「っべーな、降ってきたじゃん」

「まだ大丈夫だろ」

「この新しいプリン、マジうめぇ」

雨もさして気にせず、のんべんだらりと過ごす彼らの耳に、駐車場《ちゅうしゃじょう》に入ってくる車のエンジン音が届く。

見ると、一台のバンがこちらに向かってくるのが見えた。

それだけならば特に気にする事もないのだが、そのバンには一つ大きな特徴があり、不良少年達の目を引いた。

「おいおい、マジか」

「超アニメ絵じゃねえか」

バンの横のドアにはアニメキャラの美少女が描かれており、周囲の者達の視線を否応《いやおう》なしに惹《ひ》き付けている。

ただ、アニメ絵がプリントされているのはその一箇所だけで、他《ほか》の場所は普通のバンだ。その点を見れば、痛車《いたしゃ》を知る者からは『妙《みょう》に中途半端《ちゅうとはんぱ》な痛車だ』と思われる事だろうが、痛車という名前すら知らず、その手の知識に疎《うと》い少年達には同じ事だった。

「ちょっとからかおうぜ」

誰ともなく車に近づき、降りてきた運転手に絡《から》もうと待ち構える。

うまくすればカツアゲもできるかもしれないと考えたのだろうが――

降りてきた人間を見て、一番近くにいた男は少なからず驚いた。

てっきりオタク丸出しといった感じの男が降りてくると思っていたのだが、現れたのは、鋭い眼《め》をした、如何《いか》にも喧嘩《けんか》慣れしていそうな雰囲気《ふんいき》の青年だったからだ。

――まあいいか。

深く考えず、適当に絡もうと一歩踏《ふ》み出したのだが、不良少年達が口を開くよりも先に、バンの運転手の方が口を開く。

「その制服、串灘《クシコー》高校だよな」

「あぁ？　んだオッサン？」

「だったらなんなんすか、えぇ？」

躙《にじ》り寄る男達に、運転手は平然と告げた。

「夏休みだっつーのに連《つる》むときは学ラン。相変わらずだな、お前ら」

「んだぁ？　手前《てめえ》、俺《おれ》ら舐《な》めてんのか？」

あっという間に四方を囲まれる運転手。

一触即発《いっしょくそくはつ》かと思われた状況。

ほんの数秒のにらみ合いが続いた後、その状況を打ち破るかのように、コンビニ内から一人の大柄《おおがら》な少年が顔をだした。

「何やってんだ、お前ら」

「あ、いや、こいつが俺らにガンつけて来やがって……」

現れた少年に、下手《したて》に出て状況を説明しようとする不良少年達。どうやら、この少年がリーダー格らしく、今にも運転手に殴《なぐ》りかかりそうだった少年達が、一旦《いったん》怒気《どき》を消し去って彼の判断を待つ。

「あぁ……？」

リーダー格の少年は、仲間達が取り囲んでいる男の顔を目を細めながら睨《ね》め付け――

次の瞬間《しゅんかん》、驚きに両目を見開き、叫《さけ》ぶ。

「と……渡草《とぐさ》先輩じゃないすか！」

「えッ⁉」

彼の言葉に、運転手を取り囲んでいた少年達も、目を丸くして運転手――渡草三郎《さぶろう》に顔を向け直した。

「おう……。確か、倉川《くらかわ》んちの一番下の弟だよな？」

「昔は、兄貴《あにき》が本当に世話になりました！　どうしたんすか、こいつらが何か失礼を？」

「す、すんません！　ＯＢの方とはつゆ知らずッ！」

大柄《おおがら》な少年に睨《にら》み付けられ、慌《あわ》てて頭を下げる少年達。

だが、渡草《とぐさ》は今にも土下座《どげざ》しそうな少年達を手で制し、静かに口を開く。

「気にすんな。俺《おれ》はもうただのOBなんだからよ。五つぐらい下の連中に先輩風《せんぱいかぜ》ふかしに来たわけじゃやねえ」

「あ、ありがとうございます！」

よほど上下関係に厳しい高校だったのだろう。何度も頭を下げる後輩《こうはい》達。倉川《くらかわ》と呼ばれたリーダー格の少年は、一度だけ頭を下げた後、緊張《きんちょう》しながら問いかける。

「あの、今日《きょう》は一体、どんな御用件すか？　通りすがりってわけじゃありませんよね？」

「ああ……まあ、ちょっと、頼みたい事があってな……」

「……門田《かどた》さんの件っすか」

「何だ、お前らにまで話が広まってんのかよ」

ハハ、と肩《かた》を竦《すく》める渡草だが、その目は全く笑っていない。

「あの……犯人捜《はんにんさが》しだったら、俺《おれ》らも協力はしたいのは山々なんすけど……」

口ごもる倉川に、渡草はああ、と手を振った。

「解《わか》ってるよ。俺は今ダラーズだしな。『串灘《くしなだ》高校はダラーズの身内』なんて下手《へた》な噂《うわさ》が流れる事にゃなりたくないんだろ？　俺も串灘のOBだし、そんぐらいは解《わか》るさ」

「……すんません。恐《おそ》れ入ります」

言いあぐねていた事をあっさりと言われた倉川が、再度深々と頭を下げる。

そして、新たな疑問が頭に浮かぶ。

「？　あ、あの、じゃあ、今日はなんでここに？」

混乱する後輩に、渡草は柔和《にゅうわ》な笑みを向けながら呟《つぶや》いた。

「いやあ、お前らの就職とか、そういうのに迷惑《めいわく》かけちまうかもしれないと思ってな」

「？」

「OBが人を車で引き摺《ず》り殺したりした日にゃ……串灘高校の評判がますます悪くなるだろうしよ。先公《せんこう》連中より、現役のお前らにまず謝っといた方がいいと思ってな。万が一があったら、お前からみんなに伝えといてくれや」

「……ッ!?」

淡々《たんたん》と紡《つむ》がれる渡草の言葉を聞き、倉川を始めとする少年達が互いに顔を見合わせた。

「こ、殺すって……門田さんを轢《ひ》き逃げした奴《やつ》をっすか。……冗談《じょうだん》っすよね？」

その問いには答えず、渡草は雨の雫《しずく》が徐々《じょじょ》に大粒《おおつぶ》になる空を見上げ、口を開く。

「いやあ、ルリちゃんのストーカー野郎《やろう》は、ルリちゃんが大怪我《けが》したわけじゃあねえから、撥《は》ね殺すだけで済ませてやろうと思ったんだけどよ……」

——ルリちゃんって誰だ？　渡草先輩の彼女か？

突然《とつぜん》出てきた名前に混乱するも、渡草の静かな圧力を前に、尋《たず》ねる事すらできない少年達。

「俺《おれ》らの仲間を轢き逃げしてくれたとあっちゃなあ。そりゃ、そっち犯人の方にゃ、地獄《じごく》見て貰《もら》うしかねえだろうよ。なあ？」

笑いながら問う渡草《とぐさ》に、少年達は何も答える事ができない。

そんな後輩《こうはい》達に、渡草は、笑顔を崩《くず》さぬまま、言った。

「だからよ、もし轢《ひ》き逃げ野郎《やろう》がお前らの身内でも、隠《かく》し立てはしねえで欲しいんだ。俺《おれ》の頼みってのはそれだけだ」

バンの屋根に落ちる雨音が派手《はで》になってくると同時に、渡草は最後に一言だけで告げ、硬直《こうちょく》する後輩達を残し、そのまま運転席へと戻る。


「可愛《かわい》い後輩ごと、轢き殺したかねえからよ」


車が去り、雨が激しくなった後も、少年達は暫《しば》し動けずにいた。

身体《からだ》が濡《ぬ》れるのを感じた後、ハっと我に返る。

そこには既《すで》にアニメ柄《がら》の車体は存在せず、今しがたの出来事が夢だったのではないかと少年達を錯覚《さっかく》させた。

OBの笑顔に籠《こ》められた深い殺意も、全《すべ》て夢であれば良い、という希望も籠《こ》めて。

♂♀

都内某所《ぼうしょ》　立体駐車場《ちゅうしゃじょう》

強くなった雨音が街に響《ひび》く中、街の外れにあるカラオケボックスの大部屋に、十人ほどの少年達が集まっていた。

彼らは纏《まと》まって入ってきたわけではなく、予約した部屋に少しずつ時間を空けて入り込む。入る時はバラバラの服装をしていたが、彼らは部屋の中に入ってから、それぞれ新しい装飾品を身につけた。

ある者は黄色い虎目石《とらめいし》の装飾が施された指輪。

ある者は黄色いリストバンド。

ある者は黄色いレンズの嵌《はま》ったサングラス。

ある者は黄色い革《かわ》ベルト。

そして、大部屋の一番奥に座っていた少年――紀田正臣《きだまさおみ》は、夏場だというのに、首に黄色いスカーフを巻いていた。

「んじゃ、あとまだ来てないのは谷田部《やたべ》だけかあ」

椅子《いす》に寄りかかり、軽い調子で言う正臣《まさおみ》。

だが、その軽さが上辺《うわべ》だけという事は、集まったメンバーの誰もが理解している。

その室内に居たのは、正真正銘《しょうしんしょうめい》『黄巾賊《こうきんぞく》』の面々であり、歌などは歌わず、集まった順に様々な街の情報などを正臣に報告し続けていた。

カラオケボックスの店員にも言い含めてあり、彼らが黄巾賊の集会にこのカラオケボックスを使っているという事は外部には漏《も》れていない。

現在集まっているのは『黄巾賊』の初期メンバーであり、正臣がこちらに転校してきたばかりの頃からの付き合いの者達ばかりだ。

半年前に起こったダラーズとの抗争騒《こうそうさわ》ぎの際には、法螺田《ほらだ》の一派——元『ブルースクウェア』の面々によって排除《はいじょ》され、何人かは直接的な暴力によって被害を受けた者もいる。

それでも——紀田《きだ》正臣からの呼びかけを受けた『初期メンバー』は、一人も欠けることなく彼の元に集ったのである。

中には、半年前の抗争には最初から参加してなかったメンバーもいる。

正臣と同じ、来良《らいら》学園に通っていた同窓生のメンバーだ。

竜ヶ峰帝人《りゅうがみねみかど》や園原杏里《そのはらあんり》といった面子《メンツ》と手に入れた『新しい生活』を知っていた彼ら数名は、三ヶ島沙樹《みかじまさき》の一件も知っていた為《ため》、敢《あ》えて彼を引き戻す事も、自分が関わる事もすまいと、互いに他人のフリをして学園生活を続けていたのだ。

だが——今回は違う。

紀田正臣から直々《じきじき》に、『黄巾賊復活』の誘《さそ》いを受けたのだ。

元から正臣に強い信頼を寄せていた彼らは、歓《よろこ》び勇んで彼の元に駆《か》けつけ——人数は半年前に及ばぬにしろ、『二年前の黄巾賊』は滞《とどこお》りなく復活する結果となる。


一方、正臣からすると、それは予想外の事だった。

自分は一度黄巾賊を捨て、更《さら》には杏里を斬《き》った切り裂き魔《さま》を捕《と》らえる為に黄巾賊に戻った際、法螺田達『ブルースクウェア』の暗躍《あんやく》にも気付かず、仲間を危険な目に遭《あ》わせたのだ。

許してくれという言葉だけで済むとは思っていなかった。

相手の気が済むまで殴《なぐ》られる覚悟《かくご》も、その上で皆が去る覚悟もした上での呼びかけだった。

だが、実際彼らは正臣の謝罪など望まず、純粋に、正臣の『帰還《きかん》』を喜んだ。

それが逆に申し訳なく、正臣は一つの決意を胸に秘め、最初に集まった日に皆に告げた。


——「俺《おれ》が黄巾賊として、この街に戻ったのは、俺の、我《わ》が儘《まま》だ」

——「お前らと同じぐらい大事な仲間が、おかしな方向に行っちまってる」

——「俺は、そいつをぶん殴ってでも止めるつもりだけどよ……一人じゃ、どうにもならないかもしれない」

――「だから……すまねえ、少しでいいから、力を貸してくれ」

――「みんなを……俺《おれ》の我《わ》が儘《まま》に利用させてくれ」

そして――黄巾賊《こうきんぞく》の初期メンバー達は、その『我が儘』を受け入れた。

――「ったく、ショーグンは昔っからそうじゃないっすか」

――「そうそう、その代わり、俺らの我が儘も散々聞いて貰《もら》ったし」

――「何より、ショーグンと色々やんのが楽しかったっすから」

――「謝られると、逆に引きますよショーグン」

――「ていうか、呼び方はまだ『ショーグン』でいいのかよ」

今まで通りの慕《した》い方をする者から、いつの間にかタメ口になっている来良《らいら》学園の同窓生の面々まで、反応は様々だったものの、『ショーグン』という渾名《あだな》は代わっていなかった。

それが、嬉《うれ》しくもあり、申し訳なくもあり、正臣《まさおみ》は昔と変わらぬ笑顔を浮かべ、言う。

――「今思うとさ、やっぱ『ショーグン』って呼ばれんの、普通に恥《は》ずいわ」

――「今さらっすか！」「そりゃないっすよ！」「ないわー」「こりゃ、一生ショーグンだな！」

彼らの笑顔を見て、正臣は完全に決意する。

自分はこの瞬間から、竜ケ峰帝人の敵になるのだと。

元に戻れぬぐらい、『ダラーズ』という糸にがんじがらめになっているのならば、それを断ち切るのは自分だと。

彼を救《すく》う為《ため》に、彼の敵になる。

自分の決意が鈍《にぶ》らぬ内に、正臣は、一つの事実を皆に告げた。

――「一つ、みんなに知っておいて欲しい事がある」

――「これは、ここにいる面子《メンツ》だけの、絶対の秘密にして欲しい」

――「俺が殴《なぐ》ってでも止めてやりたい奴《やつ》の名前は、竜ケ峰帝人《りゅうがみねみかど》。知ってる奴もいるだろ」


――「あいつは……『ダラーズ』の創始者だ」


それから一週間以上経過した現在。

帝人の正体を告げた今、もう後戻りなどできない。

しかし、正臣に後悔はない。後悔する事があるとすれば、帝人が『Ｔｏ羅丸《とらまる》』のリーダーから『お前はリーダーの器じゃない』と言われて落ち込んでいた時に、声を掛けぬまま立ち去ってしまった事だ。

あの時、互いに傷つけ合う結果となったとしても、声をかけて話してさえいれば、あそこまで帝人《みかど》が壊《こわ》れる事は無かったかもしれない。

そもそも、自分が帝人と杏里《あんり》の前から姿を消した事も、原因の一つなのだろうか。そんな事を迷う時もあったが、あの時の精神状態では、自分の中にそれ以外に選択肢《せんたくし》は無かった。

だからこそ、今、立ち止まるわけには行かない。

逃げるわけにはいかない。

自分が汚《よご》れ役になってでも、帝人を泥沼《どろぬま》から引きずり出さなければならないのだ。

できる事ならば、杏里に無用な心配をさせる、その前に。

まずは街の正確な状況と、かつてのメンバーをできるだけ集める事を優先すべきと考え、正臣《まさおみ》は仲間達と活動を始め、こうして毎日のようにカラオケボックスに集まって状況を報告しあっている。

今日《きょう》も、あと谷田部《やたべ》一人が来れば全員が揃《そろ》うという状況であり、それぞれの情報を交換して今後の指針を立てる予定だった。

「それにしても、谷田部の奴《やつ》、そろそろ来てもいいと思うんだけどな」

正臣の言葉に、他《ほか》のメンバーが互いに顔を見合わせる。

「なんかあったんじゃないでしょうね」

「電話してみます」

半年前の事を思い出し、不安が頭を過《よ》ぎったのだろう。仲間の一人が緊迫《きんぱく》した表情で携帯を取り出したのだが――

それよりも一瞬《いっしゅん》早く、正臣の携帯が振動する。

「……谷田部だ」

画面を見た正臣の言葉に、皆とりあえず安堵《あんど》した。

「おう、どしたー、遅刻だぞー」

携帯の向こうからは谷田部の声が聞こえてきたようで、更《さら》に安堵する黄巾賊《こうきんぞく》の面々だったが

――次の瞬間《しゅんかん》、正臣の表情が厳しくなり、大部屋全体に緊張《きんちょう》が走る。

「……ああ、そうか。……。いや、いい。一緒に来て貰ってくれ」

妙《みょう》な事を口走り、そのまま電話を切る正臣。

「谷田部、店の前にいるってよ」

そして、表情を消したまま、肩《かた》を竦《すく》めて呟《つぶや》いた。

「一人、お客さんがいるらしいけどな」

「や、どうもどうも、何日かぶりっすね、紀田《きだ》君」

数分後、谷田部と共に部屋の中に現れたのは、リュックサックを背負い、いつもと変わらぬ

格好をした遊馬崎《ゆまさき》だった。

ただ一点、彼が一人だけで行動しているというのが、異様と言えば異様だったのだが。

普段は門田《かどた》達と行動し、本屋やアニメショップ等を巡《めぐ》るときは狩沢《かりさわ》と一緒《いっしょ》の場合が殆《ほとん》どだ。

しかし、門田が現在彼と行動できない状況だという事は、正臣《まさおみ》も知っている。

「まさか、遊馬崎さんが来るとは思いませんでした」

何度も顔を合わせてる正臣はともかく、周囲の面々はかなり緊張《きんちょう》しているのが解《わか》る。

相手が一人とはいえ、数年前から黄巾賊《こうきんぞく》である彼らは、遊馬崎が元ブルースクウェアであるという事を知っていたからだ。一方で、彼が正臣の恋人の沙樹《さき》を救い出したという事も知っている為《ため》に、彼らは複雑な感情のまま遊馬崎を見つめる事しかできなかった。

そんな彼らを余所《よそ》に、唯一対等に話せる存在の正臣が、来客に対して問いかける。

「よく、ここが解りましたね」

最初に肝心《かんじん》な事を問い質《ただ》した正臣に、遊馬崎はあっさりと答えを返す。

「いやいや、申し訳ない話なんすが、谷田部《やたべ》君でしたっけ？　彼の後をつけさせて貰《もら》ったっす。紀田君の懐《ふところがたな》刀っていうから、黄巾賊を復活させたなら絶対関わってると思って」

「……その谷田部の居場所は、どうやって調べたんです？」

「臨也さんから買ったっす」

「、、、、、、、」

「……あの糞野郎《くそやろう》」

頬《ほお》をひくつかせながら、小声で呟《つぶや》く正臣。

——こりゃ、この場所も次から変えた方がいいな。

臨也《いざや》に自分達の行動が筒抜《つつぬ》けとなる事は避《さ》けなければならない。現在帝人《みかど》の周囲にいるのは黒沼青葉《くろぬまあおば》というブルースクウエアの人間だが、臨也が絡《から》んでこない筈《はず》がない。そういう意味では、正臣は折原《おりはら》臨也が如何《いか》なる人間かを深く理解しているといえる。

もっとも、彼の場合はかつて身をもって経験しているので、警戒《けいかい》するのは当然といえば当然なのだが。

過去を思い出し僅《わず》かに苛立《いらだ》ちが生まれるものの、すぐに気を取り直し、遊馬崎に別の問いを投げかけた。

「で、ここに来たのは、どういう用件なんです？」

「やだなあ、紀田君。もう解ってるくせに」

細い眼《め》を更《さら》に細め、部屋のドアに寄りかかりながら笑う遊馬崎。

正臣が答えるべきかどうか迷っていると、遊馬崎の方が先に口を開いた。

「門田《かどた》さんを撥《は》ねたの……君達っすか？」

♂♀

都内某所《ぼうしょ》

都心部からは離《はな》れた場所にある、一軒《けん》のビル。

何らかの事情で、改装中のまま工事が止まっているようだ。

コンクリート製の壁や床《ゆか》には、あちらこちらに焦《こ》げたような跡《あと》があり、木材を使った足場の一部には弾痕《だんこん》と思《おぼ》しき穴が穿《うが》たれていた。

二階までは通常のビルの形状をしているが、それより上の部分は建築中のまま作業が止められており、剝《む》き出しの鉄骨が夜の闇《やみ》の中で不気味《ぶきみ》に浮かび上がっている。


そんなビルの二階部分に、複数の少年達が屯《たむろ》していた。

大半は物騒《ぶっそう》な雰囲気《ふんいき》の場所に似付かわしい不良少年風の出で立《い》ちをしていたが、彼らの中心となっている二人は、とてもこんな場所が似合うとは思えない外観をしている。

童顔《どうがん》少年の一人——竜ケ峰帝人《りゅうがみねみかど》は、周囲を見回しながら隣《となり》に立つ黒沼青葉《くろぬまあおば》に話しかけた。

「随分《ずいぶん》と荒れてるみたいだけど、なんなの、ここ」

「一時期景気の良かった会社が建てようとしてたけど、突然《とつぜん》経営が傾いてそのまま放置されてるらしいですよ。ついこの前、ヤクザの抗争だかなんだかがあってますます人が寄りつかなくなってます。肝試《きもだめ》しに来るような、ヒマな人達以外は」

笑いながら答える青葉の前で、帝人はペシペシとコンクリの壁を叩《たた》く。

「確かに、ここなら集合場所によさそうだね。ただ、池袋《いけぶくろ》から少し離れてるのが気になるけど」

「離れてた方がいいですよ。池袋の街中で頻繁《ひんぱん》に集合してたら、俺《おれ》達の居場所なんてすぐにバレますから」

「そうか、それもそうだね」

あっさりと青葉の言う事に納得し、帝人は部屋の隅《すみ》に放置された建築資材の山に腰掛《こしか》け、自らのノートパソコンを開きスリープモードを解除する。

15秒ほど弄《いじ》った後、帝人は安心したように頷《うなず》いた。

「うん、電波は通じるみたいだね。これで、ダラーズの様子は分かるよ」

交通の便などよりも、帝人にとっては『ネットに繋《つな》がるか否か』が何よりも重要な点だった。青葉もそれを見越した上で、この場所を自分達の拠点《きょてん》として推挙したのである。

帝人は暫《しば》しネットに繋げ、様々な情報を蒐集《しゅうしゅう》する。

ノートパソコン備えつけのタッチパッドは殆《ほとん》ど使わず、タブキーや様々なショートカットを駆使《くし》し、文字通り指先一つでネットの海を掻《か》き分けていた。

ヨシキリやギン、ネコと言ったブルースクウェアの面々は、電動ミシンを想像させる速さでキーを打ち続ける帝人《みかど》を見て『すっげ……』と感嘆《かんたん》の声を漏《も》らしている。逆に、青葉《あおば》は指の動きよりも、次から次へと変わる画面と帝人の目を見て、別の事に驚嘆《きょうたん》を覚えていた。

——これ、全部ちゃんと読めてるのか？

いくら指捌《さば》きが速かろうと、画面上の情報を読み取る時は動きを止めざるを得ない。だが、帝人は一つの画面に数秒以上留《とど》まる事は殆《ほとん》どなく、例外として同じ画面をキープするのは、自分が書き込みをする時ぐらいのものだった。

次から次へと変わる画面の情報と帝人の顔を見比べ、せわしなくも集中しきっているといった様子に、青葉は呆《あき》れ半分で感心する。

そして、帝人はキーを打つ手を緩《ゆる》めぬまま、顔を曇らせ、呟《つぶや》いた。

「今日《きょう》一日で、随分酷《ずいぶんひど》い事になってるね」

「ダラーズが、ですか？」

「うん。門田《かどた》さんの事件の影響だろうね」

実際、街の中でダラーズに不穏《ふおん》な動きがあるのは確かだった。

本人がいくら否定しようと、門田がダラーズの『顔役』という認識だった事に間違いはない。

結果として、彼の存在はダラーズの名前をダシにして好き勝手やりたい者達にとっては目の上のたんこぶだった。

現在、帝人が青葉達ブルースクウェアの『暴力』で押さえ付けている者達を、門田は存在するだけで萎縮《いしゅく》させていたと言ってもいい。

──門田さんみたいな人があと五人いれば……ダラーズは、こんな事にはなってなかったのかもしれない。

そんな事を考えつつ、帝人は更《さら》にキーを打つ。

ダラーズの掲示板《けいじばん》には、門田が怪我《けが》した事を露骨《ろこつ》に喜ぶような類《たぐい》の者もおり、中には『門田が死にかけて今日もメシが美味《うま》い！』等という書き込みまで見受けられた。

帝人はそうした書き込みをした者達を、管理者権限でアクセス禁止にする。

昔ならば放置していたかもしれないが、今の帝人は、一切の躊躇《ためら》いなくアクセス管理を実行した。それも彼の中に起こった明確な変化の一つかもしれないが、本人にその自覚はない。

自分の望まない形として存在するダラーズに苛立《いらだ》ちを覚えつつ、帝人は更に情報を整理し続けていたのだが──

「……？」

ある書き込みを見て、帝人の手が、完全に止まる。

掲示板の書き込みを凝視《ぎょうし》する帝人を不審《ふしん》に思い、青葉もその画面を覗《のぞ》き込んだのだが──

そこに書かれていた情報は、確かに黒沼《くろぬま》青葉にとっても興味深いものだった。

♂♀

都内某所《ぼうしょ》　カラオケボックス

「……俺《おれ》達じゃありませんよ。車なんか持ってる程《ほど》、金持ちに見えますか？」

門田《かどた》の轢《ひ》き逃げ事件は『黄巾賊《こうきんぞく》』の仕業《しわざ》か否《いな》か。

単純明快な遊馬崎《ゆまさき》の問いに対し、肩《かた》を竦《すく》めながら否定する正臣《まさおみ》。

「まあ、疑う気持ちも解《わか》りますよ。俺が門田さんの所に行ってから、何日もしないうちですしね。正直、俺が遊馬崎さんの立場でも、俺がやったんじゃないかって少しは疑うと……」

「いやいや、紀田《きだ》君の事は疑ってないっすよ？」

「え？」

「君の事は少しは知ってるつもりっすよ。紀田君は善人じゃないかもしれないっすけど、ゲス野郎《やろう》じゃないっす。泉井《いずみい》さんが沙樹《さき》ちゃんにやったのと同じ真似《まね》をするようなキャラクターには見えないんすよ」

キャラクター、という彼らしい言い回しをしつつ、遊馬崎は尚《なお》も問いかけた。

「ただ、俺は君の事は知っていても、今の黄巾賊の事を知ってるわけじゃないんすよ。紀田君は断言できるんすか？　組織の中に不穏分子《ふおんぶんし》が紛《まぎ》れてたりとか、リーダーの知らない所で暴走するキャラがいたりするのは、漫画《まんが》でも現実でも良くある事っすよ。現実と虚構《きょこう》のボーダーレスゾーンっす」

「それは……」

「否定はできない筈《はず》っすよ。半年前が、そんな感じだったでしょう？」

「……」

黙《だま》り込む正臣。

「それに、もう、君らの再結成はネットでも噂《うわさ》になってたっす」

「……」

「中には、黄巾賊の先制攻撃《こうげき》だって煽《あお》ってる人もいましたよ」

「……そうですか」

表情を硬《かた》くして話を聞き続ける正臣に、遊馬崎はなおも現状を伝えた続けた。

「実際、切り裂《さ》き魔《ま》事件の犯人が捕《つか》まらない以上、ネット上の噂じゃ、ダラーズと黄巾賊の抗《こう》争《そう》は終わった事にはなってないんすよ」

まるで、アニメの粗筋《あらすじ》を語るような調子で、当事者本人の目の前で半年前の事件を淡々《たんたん》と語る遊馬崎。

「この抗争を漫画や小説に喩《たと》えるなら、もう一度黄巾賊を立ち上げたら、『読者』は思う筈《はず》っす。切り裂き魔《さま》とダラーズはやっぱり手を組んでいて、返り討《う》ちにあった黄巾賊《こうきんぞく》が、今度こそ本当にダラーズを潰《つぶ》そうとしたんじゃないか。その為《ため》に、ダラーズとして有名な人間を一人車で撥《は》ねたんじゃないか……って」

「何が言いたいんですか」

「つまり、黄巾賊をまた立ち上げたって事は、そんな疑いを掛けられるのも覚悟《かくご》の上……って事っすよね？　その上でもう一度だけ確認するっす。……紀田《きだ》君達は、門田《かどた》さんの轢《ひ》き逃げに一切関わってないって誓《ちか》えるっすか？」

それを見かねたのか、黄巾賊の一人が口を挟《はさ》もうとする。

「おい、あんた、いいかげんに……」

「よせ」

それを制したのは、正臣《まさおみ》だった。

彼は静かに呼吸を整えた後、室内のメンバー全員の顔を見まわし、遊馬崎《ゆまさき》に対してハッキリと答える。

「俺《おれ》は、みんなを信じてますし、俺もやってないって誓えます。もしも、俺達の仲間が門田さんを撥ねたんだとしたら……」

「したら？」

「……その時は、気の済むようにして下さい」

「……」

遊馬崎《ゆまさき》は暫《しば》し沈黙《ちんもく》した後、薄《うす》く口の端《は》を上げ、ドアノブに手をかけた。

「解《わか》ったすよ。紀田《きだ》君を信じて、俺《おれ》は真犯人を探す事にします。いやあ、悪かったっすね。紀田君達を疑うような事をして」

「いや……気にしないで下さい。俺達も、何か解ったらすぐに知らせます」

「助かるっす。いやあ、本当に紀田君達が犯人じゃなくてよかったっす」

去り際に、テーブルの隅《すみ》に置かれていた歌本の山を見て、心の底から嬉《うれ》しそうに口を開く遊馬崎。

「そのアニメ用歌本の表紙、乃木坂春香《のぎざかはるか》っすからね」

「？　え、あ、……はあ」

恐《おそ》らくアニメのタイトルか何かだろうと思い、正臣《まさおみ》は適当に相槌《あいづち》を打つ。

遊馬崎はそんな正臣に手を振り、最後に一言だけ付け加えてカラオケルームを後にした。

「白銀の星屑の肖像《ニュイ・エトワーレ》が燃えずに済んで、本当に良かったっす」

妙《みょう》な事を言い残して立ち去った遊馬崎。

部屋の中には暫《しば》し沈黙が続いたが、仲間の一人が、緊張《きんちょう》した面持ちで正臣に言う。

「俺達が門田さんをやったなんて噂《うわさ》を広められる前に、あいつを追っかけてシメちまった方が

「……イッ!?」

仲間の頭を強めにパシリとハタき、戒《いまし》めるように強い目つきで正臣が答えた。

「バーカ、んな事したら、周りからますます疑われるだけだろ」

「そ、そうっすね。すんません」

「それに、遊馬崎さんをシメるなんて、簡単にできる事じゃないしな」

「？　でも、むっちゃ弱そうでしたよ」

納得がいかないといった調子で首を傾《かし》げる仲間に、正臣は険しい表情のまま、鼻をスンと鳴らした。

「お前ら、鼻詰《つ》まってるのか？」

「え？」

正臣に言われて、自分達も周囲の空気を嗅《か》いでみると——

「な……これ……ガソリンっすか？」

「灯油かな。ま、燃えやすそうなもんの匂《にお》いってのは確かだろ？」

かすかに残るシンナーめいた匂いに、黄巾賊《こうきんぞく》の面子《メンツ》は鼻白《はなじろ》む。

「色々ポケットの中とかリュックに仕込んでたって事さ。もしも俺達が本当に門田さんを撥《は》ねてたとして、それを確認してたら、この部屋ごと……」

「そうそう、一つ忘れてたっす！」

そこで突然《とつぜん》部屋のドアが開かれ、正臣《まさおみ》の言葉を遮《さえぎ》った。

「うおぉ⁉」「ひぃッ⁉」

再びドアから顔を出した遊馬崎《ゆまさき》に、直前まで固唾《かたず》を呑《の》んでいた少年達が驚きの声を上げる。

「？　なんすか、そんなに驚いて。もしかして俺《おれ》の後ろに美少女の幽霊《ゆうれい》が……？」

すっかりいつも通りの調子に戻っている遊馬崎。

だが、その身体《からだ》——特にリュックの辺りから、灯油らしき匂《にお》いがするのも確かで、少年達は一様に背筋《せすじ》を汗《あせ》ばませた。

「そんなのいませんよ。どうしたんすか、遊馬崎さん」

「ああ、そうそう紀田《きだ》君達、あれは聞いたっすか？　そっちにも無関係……っすよね？」

「あれ？」

何の事か解《わか》らず眉《まゆ》を顰《ひそ》める正臣。遊馬崎は、ウンウンと一人で頷《うなず》きながら話を続ける。

「いやあ、俺もさっきダラーズの掲示板《けいじばん》で見たばっかりなんすけどね……。驚きというか、まあ、やっと来るべき時が来たというか……」

「何の話ですか？」

核心について促《うなが》す正臣に、青年は細い眼《め》を僅《わず》かに興奮《こうふん》させつつ、その情報を口にした。

「平和島静雄《へいわじましずお》さん、とうとう警察に逮捕されたらしいっすよ」

♂♀

都内郊外　廃《はい》ビル　2F

「平和島さんが逮捕《たいほ》されただなんて……本当かな」

強くなった雨音が環境BGMとして響《ひび》き渡る廃ビル内。

ダラーズの掲示板に記されていたその情報を見て、帝人《みかど》は最初はウソではないのかと疑った。


『平和島静雄。逮捕される！』


そんな新聞の見出しが、帝人の頭の中に浮かぶ。

もちろん実際はそんな新聞記事になどならないだろうが、帝人の中では有名人が麻薬《まやく》で捕《つか》まるのと同じぐらいインパクトのある事件だ。

確かに器物破損だけでも枚挙《まいきょ》に暇《いとま》はないし、寧《むし》ろ何故《なぜ》いままで逮捕されていなかったという事の方が気になるが、最近丸くなったという噂《うわさ》もあっただけに、今回の逮捕《たいほ》は帝人《みかど》にとってかなり意外な事と感じられたのである。

「まだ掲示板《けいじばん》の書き込みだから、なんとも言えないですよ。逮捕って言っても解《わか》りませんよ。警察に連れて行かれただけで、単なる事情聴取《ちょうしゅ》かもしれませんし。もしかしたらたまたま警察署に入る所を見かけただけの人が大袈裟《げさ》に書き込んでるのかも」

青葉《あおば》の冷静な指摘《してき》に、帝人は小さく相槌《あいづち》を打つ。

「そうだね。今までも噂とかならあったけれど……。でも、この書き込みをしてる人は、今までも割と信憑性《しんぴょう》の高い書き込みしてるんだよね」

「……もしかして、一人一人、ダラーズのハンドルネームと投稿《とうこう》内容を覚えてるんですか？」

「全員は無理だよ。目立つ人だけさ」

そう言って笑う帝人の顔はどこか不安そうで、知人の心配をする普通の高校生にしか見えなかった。

この少年がダラーズの創始者だと言っても、殆《ほとん》どの人間は一笑に付す事だろう。

だが、次に彼が放った一言を聞けば、全く違う印象を抱《いだ》くかもしれない。

「でも……良かったよ」

「はい？」

一体何が良かったのか、と首を傾《かし》げる青葉に、帝人は柔和《にゅうわ》な笑みを浮かべて、言った。

「平和島《へいわじま》さんが本当に逮捕されたんだとしても、ダ、ラ、ー、ズ、を、や、め、た、後で」

「……」

青葉は、平和島静雄《しずお》の人となりを噂以上に知っているわけではない。

だが、もしも本人が聞いていたとしたら、仮に平和島静雄が温厚な人間だとしても、帝人に殴《なぐ》りかかるのではないかという一言ではないのだろうか？　青葉はそう感じると同時に、これこそが竜ヶ峰《りゅうがみね》帝人の中の『壊《こわ》れた箇所』であるのだと再確認した。

自分達の登場によって壊れたのか、もしくは最初から壊れていたのか、それは解らない。

だが、青葉は、その帝人の壊れた部分こそ、自分達のような人間が『隠《かく》れ住む』には最適な場所であると理解している。

だからこそ自分は、帝人に対し、『半分だけ』──本当に純粋な誠意を見せているのかもしれない。青葉はそう考えていた。

利用する対象であると同時に、畏怖《いふ》の対象でもある。

青葉が今まで接触《せっしょく》してきた中で、明らかに竜ヶ峰帝人は異質な存在だった。

──確かに、あの人間マニアが喜びそうだ。

心の裏の言葉を隠し、青葉は帝人に語りかける。

「でも。どうするんですか、帝人先輩《せんぱい》」

「どうって？」

「門田《かどた》さんが入院して、平和島《へいわじま》静雄《しずお》さんも逮捕《たいほ》されたんですよ？　ダラーズが調理前の肉の塊《かたまり》だとすれば、門田さんが防腐剤《ぼうふざい》で、平和島さんは肉を取り囲む火でしょう？　門田さんが目を光らせて腐《くさ》りにくくしてたし、外から噛《か》みつこうとするハイエナは静雄さんが怖《こわ》くて手が出せない。その間に、ゆっくりと帝人先輩《みかどせんぱい》が肉を切り分けて、思うままに料理すれば良かったのに」

「ダイナミックな例え方をするね」

苦笑する帝人に、青葉《あおば》はコンクリートの壁についた焦《こ》げ跡《あと》を指で撫《な》でながら語り続ける。

「でも、このままじゃ、料理を終える前に肉が腐っちゃいますよ？」

「つまり、何が言いたいのかな？」

「獣《けもの》にも見えず、腐りにくい冷暗所に肉を保管する……つまり、地下に潜《もぐ》るのが、僕《ぼく》の今までのやり方でした。でも、それは帝人先輩の望むダラーズとは違う。そうですよね？」

「うーん。まあ、そうなるのかな」

少し考えつつ、青葉の喩《たと》え話に同意する帝人。

そんな彼に背を向け、青葉は両手を広げて声をあげる。

「ダラーズっていうのは、誰でも、立場を超えて助け合えると思うんです。限界はあるにしろ、互いに顔の見えないネット上で情報を共有したり……。それは魅力的《みりょくてき》だと思うんですよ」

「？」

「だから、門田さんの事故の話を聞いて、ダラーズは大変な事になると思った時……ふと、考えてみたんです。門田さんや平和島さんの代わりになる、ダラーズの象徴《しょうちょう》とも言える『顔』の人に協力を願おう……って」

「ダラーズの象徴？」

口に手を添え、誰の事かと真剣に考える帝人。

「表に出られる身の上ではなく、だからこそ失うものも少なく、自由に動ける存在」

そんな彼にヒントを与えるように、青葉が廃《はい》ビルのフロアを歩きながら語り続ける。

青葉の仲間であるブルースクウェアの面々は答えを知っているのか、ニヤニヤしながら廃ビルの内壁にそって屯《たむろ》し、帝人と青葉のやり取りを窺《うかが》っていた。

「誰もが知っているのに、詳《くわ》しい事を知る人はほとんどいない。それでいて、『ダラーズのメンバー』としても有名な人が、一人いるじゃないですか」

「……まさか」

ハっと、帝人の中に一人の顔が思い浮かぶ。

正確に言うならば思い浮かべたのは顔ではなく、身体《からだ》とヘルメットだけだったのだが。

「その人なら、ダラーズの『浄化《じょうか》』に、快く協力してくれると思うんです。まともな人達には謎《なぞ》めいた羨望《せんぼう》の対象として、ダラーズを蝕《むしば》む敵には、得体の知れない畏怖《いふ》の対象として」

「そうでしょう、首無しライダーさん」

青葉《あおば》がその通り名を呼ぶと同時に——廃《はい》ビルの一階に続く階段から、二階へと一つの『影』が姿を現した。

ヘルメットを除《のぞ》いた身体《からだ》を、『影』そのものであるライダースーツで包み込んだ——帝人《みかど》の良く知る、生きた都市伝説の姿が、久方ぶりに彼の前に姿を現したのだ。

♂♀

「セルティさん!? どうしてここに!?」

心の底から驚いているように見える帝人の叫びに対し、セルティは考える。

——えーと。

——いやその、ほんとに、なんでだろう。

青葉に『呼んだら上がって来て下さい』と言われたので、一階で待っていたのだが、まさかこんなにも思わせぶりな登場の演出が行われるとは思っていなかった。

これではまるで、自分が青葉とツーカーの仲であり、志《こころざし》を同じくする同士のようなものと受け取られてもおかしくないではないか。

そんな事を考えて不安に陥《おちい》ったセルティは、帝人に正確に説明するため、改めて自分がここに来た経緯《けいい》を思い返す。

数時間前——

「僕《ぼく》を……いえ、正確には、僕と帝人先輩《せんぱい》を助けて欲しいんです」

セルティは人通りの少ない地下駐車場《ちゅうしゃじょう》に呼び出され、青葉と対面する事となった。

数人の取り巻きを連れてくるかと思っていたのだが、意外にも現れたのは青葉一人。

——大胆《だいたん》な奴《やつ》だな。

——それとも、仲間の顔を私に見せたくないだけか？

もしかしたら周囲に誰か潜《ひそ》んでいるのかもしれないと思い、警戒《けいかい》しつつPDAに文字を打つ。

『助ける？』

「ええ、門田さんの事故の話は知っているでしょう」

『ああ。君に呼び出されるちょっと前にな』

「これは、ダラーズにとっては大きな問題です。ダラーズの顔役がいなくなるって事なんですから。現に、既《すで》に調子に乗った連中が暴れてるなんて話も聞きますしね」

未来を憂《うれ》う経営者さながらの口ぶりで、青葉はセルティに語り続ける。

「平和島静雄《へいわじましずお》さんもダラーズをやめた今、新しいシンボルが必要だと思うんですよ」

『そのシンボルになれっていうのか？　お断りだ』

「話が早いですね」

『シンボルとかそういうのがいないのがダラーズの良い所だろう』

——そうだ。そもそも帝人《みかど》君がそれを望むとは思えない。

セルティはそう考えてハッキリと文字を打ち込んだのだが、青葉《あおば》は全く怯《ひる》まない。

「ずっと、ってわけじゃありませんよ。ダラーズの名前を貶《おとし》める奴《やつ》が現れたら、貴女《あなた》が現れて力尽《ず》くで大人《おとな》しくさせる。そして、普通に生きてるダラーズを助ける。ダラーズにとって有害な連中が、貴女の事を恐《おそ》れて下手《へた》な事をしなくなるまでの期間限定ですよ」

『私から見ると、ダラーズにとって一番有害なのは君だと思うんだがな』

「そうかもしれません。でも、今の所は大人しくしてますよ？」

悪びれもせずに答える青葉。

セルティは心中《しんちゅう》で溜息《ためいき》を吐《つ》きつつ、質問を変える事にした。

『君は、何が目的なんだ？』

青葉が帝人に近づいた瞬間《しゅんかん》は、セルティも陰から目撃《もくげき》している。

しかし、その後に帝人がどんな結論を出したのか、その瞬間は見ていない。

本当に帝人と組んでいるのか、だとするならば、どうやって帝人を丸め込んだのか、セルティは黒沼《くろぬま》青葉という少年に対し、相手の年齢《ねんれい》などを度外視した強い警戒心《けいかいしん》を抱《いだ》いていた。

——こいつ、本当に臨也《いざや》ソックリだな。

青葉本人には言わないが、セルティは確かにそう感じたからだ。

セルティの問いに、青葉は何秒か考えこんだ後、軽く微笑《ほほえ》み、答える。

「泳ぐ場所……」

『なに？』

「泳ぐ場所が欲しい、それだけですよ。ああ、もちろん比喩《ひゆ》の話ですけどね」

『解《わか》りやすく言ってくれ』

何となく言いたい事が解る気はしたが、協調するのは危険だと思い、セルティは敢《あ》えて青葉に説明させる事にした。

だが、青葉は「言葉にするのは難しいんですよ」と前置きして、迷いながら言葉を紡《つむ》ぐ。

「きっと、あと五年もすれば消えてしまうような、反抗期の捻《ひね》くれた人間だけが持つ感情があるんですよ。消え去る前に、その感情をどこまで昇華《しょうか》できるか試したいって言ったらいいのかな……」

独《ひと》り言《ごと》のようにブツブツと続ける青葉に、セルティは呆《あき》れながらPDAを見せる。

『何が「言葉にするのは難しい」だ。要するに、暴れたいだけだろ』

「それだったら、もっと身体《からだ》を鍛《きた》えて平和島静雄《へいわじましずお》さんに喧嘩《けんか》を売ってますよ。弱い者虐《いじ》めがしたいだけなら、ダラーズなんかに入らないで、自分達だけで適当にやりますし」

『じゃあ、なんなんだ』

「だから……そう、『泳ぎたい』っていうのが、一番僕《ぼく》の中ではしっくりくる言葉なんです」

堂々巡《めぐ》りになりそうだったので、セルティはそれ以上追及する事は止《や》めにした。

代わりに、確認をする。

『いいのか？　私がそんな話を引き受けたとして、私はお前の言う通りに動くつもりはないぞ。私は君を一番有害だと判断して、ブルースクウェアを真っ先に狩《か》るかもしれないぞ』

「かまいませんよ。その時は、帝人先輩《みかどせんぱい》も一緒《いっしょ》に狩られる事になると思いますけど」

『なにを馬鹿な事を。帝人と君達は違う』

「……首無しライダーさんは、帝人先輩の事をどれだけ知ってます？」

――えッ。

――そういえばそうだ。

『いや、それは、普通の友人程度だと思うが……』

取り繕《つくろ》うように書きながらも、セルティは思う。

自分は竜ケ峰《りゅうがみね》帝人の隠《かく》れた肩《かた》書きと、性格の一端《いったん》を知っているだけだと。

ダラーズの創始者という秘密と、彼の性格の一部だけだ。園原杏里《そのはらあんり》の罪歌《さいか》の件など、彼の周りについては彼以上に知っている事もあるのだが、竜ケ峰帝人そのものを知っているとは言い難い。

それに、杏里から『帝人の様子がおかしい』と相談されているという事実が、棘《とげ》となってセルティの知る帝人像を突《つ》き削《けず》る。

『いや、確かに、あいつの事を良く知ってるわけではないが……』

「だったら、今の帝人先輩を知らないで色々断言するのは不味《まず》くないですか？」

痛い所をつかれ、セルティは暫《しば》し考え込む。

そして、力強く頷《うなず》いた後、ＰＤＡの画面上に青葉への提案を書き綴《つづ》った。

『なら、まず帝人と話をさせてくれ。話はそれからだ』


そして、現在。

——ああ、そうだ。

——あのままじゃ丸め込まれそうだったから、咄嗟《とっさ》にあんな事を……。

「え？　あれ、え？　どういう事なの!?　青葉君とセルティさん、確かに前に工場で一回顔を合わせてるけど……。いつの間に知り合いになったの!?　あ、いや、合った時点で知り合いって言えば知り合いだけど、なんていうかこう、仲良いの？　そうなんですか、どうなんですかセルティさん!?」

青葉とセルティの間をキョロキョロと見渡しながら、子犬のように慌《あわ》てふためく帝人。

——……。

——いつもの帝人君《みかど》だよなあ。

帝人がモヒカン刈《が》りにして鋲《びょう》付きの革《かわ》ジャンを纏《まと》っている事まで覚悟《かくご》していたセルティだが、見てみればなんという事はなく、いつも通りの気弱そうな童顔少年がいるだけだった。

ヨタヨタと駆《か》け寄ってくる帝人に、セルティはとりあえず前と変わらぬ調子で挨拶《あいさつ》する。

『久しぶりだな、帝人』

「お久しぶりです。でも、本当にどうしてここに？」

帝人の問いに答えようとセルティがキーを打つ前に、横から青葉《あおば》が口を出す。

「街で偶然《ぐうぜん》であって、追いかけてゴールデンウィークの時の事を謝ったんですよ。その時に、メルアドとか交換して、時々連絡《れんらく》を取り合っていたんです」

——こいつ、ヌケヌケと。

実際はマンションに乗り込んできて、新羅《しんら》と一悶着《ひともんちゃく》あったのだが、そんな事実は存在しないとでもいうように、青葉は口から堂々とウソを吐《は》き出していた。

——確かに、あの夜の事は帝人君に秘密にするように言ってたが……。

——まあ、ここは口を合わせてやるか。

——ただし、後で覚えてろよ……。

そんな事を思いつつ、セルティは書きかけていた文字を消し、短い一文をＰＤＡに打ち込む。

『まあ、そんな所だ』

セルティの紡《つむ》ぐ文字を見て安心したのか、帝人は胸をなで下ろしながら青葉に語りかけた。

「そんな話、全然知らなかったよ。教えてくれてもいいのに」

「すいません、帝人先輩《せんぱい》をビックリさせようと思って」

「ビックリしたよ本当に！　まさか、こんな所でセルティさんに会うだなんて……。あッ」

帝人はそこで何かに気付いたようで、小声でセルティに言う。

「あの、お願いがあるんですけど……」

『なんだ？』

「僕《ぼく》がここにいる事、園原《そのはら》さんには内緒《ないしょ》にしておいて貰《もら》えませんか。実は、園原さんには埼玉《さいたま》の実家に帰るって言っちゃってあるんで……」

『そうなのか？　なんでそんなウソを』

疑問に思って尋《たず》ねたセルティに、帝人は少し笑顔に寂《さび》しげな陰りを浮かべ、答えた。

「園原さんには、心配をかけたくないし、今、僕がやってる事も知られたくないんです」

『……そうか』

単調な答えを返しつつ、セルティは考える。

──確かに、妙《みょう》と言えば妙だが……。

──そもそも、ここでブルースクウェアの連中とどんな事をやってるんだ？

──杏里《あんり》ちゃんに言えないような事なのか？

──ていうか、今気付いたけど……帝人《みかど》君、随分《ずいぶん》と怪我《けが》してないか？

顔や身体《からだ》に比較的新しい疵痕《きずあと》がある事に気付き、心配して尋《たず》ねるセルティ。

『随分怪我してるが、誰にやられたんだ？』

──もしかして、青葉《あおば》君達に？

──殴《なぐ》られて、無理矢理《むりやり》言う事を聞かされてるのか？

──だとしたら、この場でこの連中を全員縛《しば》り上げて、帝人君を連れて帰れば万事解決なんだが。

それが一番シンプルで解《わか》りやすい展開だと思い、寧《むし》ろそうであってくれと期待する。

だが、帝人の口からこぼれたのは、全く異なる答えだった。

「ああ、悪い人達ですよ」

『は？』

「僕《ぼく》が一番頑張《がんば》らないといけないのに、喧嘩《けんか》弱くて、殆《ほとん》どいつも殴《なぐ》られっぱなしなんです。それが本当に情けなくて、悔《くや》しくて……」

本気で悲しげな顔をする帝人に、どこか不気味《ぶきみ》な違和感を覚える。

セルティはその違和感の正体がなんなのか考えるも、なかなかすぐには答えがでない。

ただ、確実なのは、何か妙《みょう》な事をしているという事だ。

——青葉君は『ダラーズの浄化《じょうか》』とか『健全なダラーズを目指す』ってことで、カツアゲとかしてる連中を狩ってるとかなんとか言ってたが……。

——まさか、帝人君がそういうチンピラ連中と直接殴り合ってるわけじゃないよな？　い、い、い、い、い、い、い、い。

そのまさかであるとは夢にも思わず、セルティは考える。

——つまり、青葉君達を使って、カツアゲとかしてる連中を止《や》めさせてたら、たまたまそいつらに帝人君の事がバレて、報復されたってところかな。

——迷惑《めいわく》をかけないように、杏里ちゃんには連絡《れんらく》を取らない……。

確かにそれならば話の筋《すじ》は通ると考え、セルティは更《さら》に考える。

——それなら、そのチンピラ連中を黙《だま》らせるぐらいはやってもいいが……。

——どのみち、帝人君のやってる事が危険な事なのに間違いはない。

——……待てよ？　ここで帝人君を説得すれば、杏里ちゃんの心配の種《たね》も消えて、一石二鳥《いっせきにちょう》じゃないか？

——ダラーズのツテで『澱切陣内《よどぎりじんない》』の情報が得られないかと思ってたが、その前に、こっちの問題を解決しておいた方が楽そうだな。

新羅《しんら》が襲《おそ》われた事に対する怒《いか》りが薄《うす》まったわけではない。

今でも、徒橋《あだばし》という実行犯や澱切という男が目の前に現れたら、溜《た》め込んでいた怒りが爆発《ばくはつ》して何をするか解《わか》らないのも事実だ。

だが、だからといって、セルティは自分の怒《いか》りで他《ほか》の事が目に入らなくなるタイプの性格というわけでもない。

門田《かどた》と同じく、お人好しでお節介焼《せっかいや》きの性質を持っているという事もあるが、彼女自身、竜《りゅう》ケ峰帝人《がみねみかど》には一つの恩《おん》があった。

首が無くても存在していて良いと思うようになった一つの事件。

もしも『ダラーズ』というものが存在していなければ、結果としてあの事件は解決を見なかったかもしれない。そして、ダラーズの一員であるという事に、この街と繋《つな》がりがあるという事実に心が救われたのも確かだった。

——その恩を、ここで返すにはどうすればいい？

——帝人君を手伝うべきか、それとも力尽《ず》くでも止めるべきか……。

セルティは迷いつつも、その答えを導く為《ため》に、まずは帝人本人の意思を聞く事にした。

『話を続ける前に、はっきりさせておきたいんだが……。なんていうか、その、青葉《あおば》君達を使って、帝人は一体何をしてるんだ？』

「えッ？」

『青葉君からは軽くしか事情を聞いてない。だから、君の口から直接聞きたい。帝人は、ダラーズをどうしたいんだ？』

「それは、もちろん……」

口ごもったという様子もなく、淡々《たんたん》と答えようとする帝人。

緊張《きんちょう》しながら答えを待つセルティだったが——

カツン

と、乾《かわ》いた音が廃《はい》ビル内に響《ひび》き渡り、帝人の言葉が遮《さえぎ》られた。

帝人の言葉どころか、絶え間なく響く雨音すら一瞬《いっしゅん》で消し去るような、力強い音の塊《かたまり》。

反響《はんきょう》した音の出所《でどころ》が解《わか》らず、二階に屯《たむろ》していたブルースクウェアの面々を含め、セルティ達は全員で周囲を見渡したが——

その視線は、すぐに一点に収束《しゅうそく》する事になる。


「話の途中《とちゅう》で、すまないねぇ」


一階と二階を繋《つな》ぐ階段。

つい一分程前までセルティがいた場所から、よく響く男の声が聞こえ——カツカツと階段を上って来る男の姿があったからだ。

「こっからじゃ、携帯っつーかパソコンっつーか、それの文字が見えなくてさ」

その男を見て、帝人《みかど》と青葉《あおば》は、『誰？』といった顔になる。

ブルースクウェアの少年達にとっても同じだったようで、突然《とつぜん》の闖入者《ちんにゅうしゃ》に戸惑《とまど》っていた。

だが、セルティだけは、その男を見て、周囲とは違う反応を見せた。

——え。

——……ええッ!?

突然の事に心が付いていかず、胸の中で戸惑いの叫《さけ》び声をあげる。

——なな、な、ちょッ、なんでここに!?

現れた男が、昔からの顔見知りだったからだ。

「しかし、まさか年に何回もここに来る事になるたぁねえ。偶然《ぐうぜん》ってのは怖《こわ》いもんだ」

派手《はで》な柄《がら》の入ったスーツを着こなす、三十代と思《おぼ》しき長身の男。

若くもないが、中年とも言えないどちらつかずの外見だが、顔に走る傷が印象的な男。

見るからに高級品と解《わか》る色眼鏡《めがね》をかけており、手には派手な意匠《いしょう》の杖《つえ》が握《にぎ》られ、一昔前の映画の撮影所から抜け出してきたような雰囲気《ふんいき》を感じさせる。

杖を持ってはいるものの、足が悪いようには見えない。どうやら先刻の音は、その杖でコンクリートの壁か床《ゆか》を強く打ち付けた音だったようだ。

——あ、ああ、あ。

「セルティさん？」

「知り合いなんですか？」

彼女の様子がおかしい事に、帝人も青葉も気付いたのだろう。

心配そうに声をかけてくるが、今のセルティには、それに応《こた》えるだけの余裕《よゆう》がない。

──赤林さん⁉

カニの配送などをたまに頼んでくる、セルティの運び屋としての得意先の一人。

だが、当然セルティは知っている。

彼は、単なる配送業者などではないという事を。

そして、今の帝人には近づけない方が良い職種の人間だという事を。

──なんで……どうしてここに⁉

セルティの心中《しんちゅう》の叫びは当然聞こえる筈《はず》もなく──

突如《とつじょ》として帝人達の前に姿を現した赤林は、ヘラリと笑いながら口を開いた。

「何を話してたのか知らないけど、おいちゃんも混ぜて貰《もら》っていいかなぁ？」

「構わないだろ？　竜ヶ峰帝人君」

チャットルーム

チャットルームには誰もいません。
チャットルームには誰もいません。
チャットルームには誰もいません。

・
・
・

クロムさんが入室されました

クロム【こんばんは】
クロム【誰もいませんね】
クロム【いつもだったらこの時間、もっと賑《にぎ》わってるのに】
クロム【夏真っ盛りだし、家族や恋人と過ごしたりしているのでしょうか】
クロム【私も、この前、鍋《なべ》をやったりしたんですよ】

クロム【楽しかったです】

甘楽《かんら》さんが入室されました

甘楽【こーんばーんわー☆】
甘楽【みんなのアイドル、甘楽ちゃんですよーっと☆】
甘楽【あれあれ、今日《きょう》はクロムさん一人なんですか？】
クロム【こんばんは】
甘楽【なんだかとっても寂《さび》しいなっと☆】
クロム【そうですね】
甘楽【鍋っていいですよね！　みんなでワイワイ囲むと普通に食べるより美味《おい》しいですし☆】
クロム【そうですね】
甘楽【でもでも、本当は、大事な人と二人っきりで食べて、熱いおでんとかフーフーしてあげたいと思いません？　思っちゃいますよね！　キャー！】
クロム【そうですね】
甘楽【あーッ、なんか返しが適当だニャン？　ほっぺた引っ張ってニューニューしちゃうぞ！】
クロム【そうですね】

クロム【で、あの、甘楽《かんら》さん】
甘楽【なんですか☆　きゃッ☆】
クロム【そろそろビルから飛び降りたりしなくていいんですか？】
甘楽【ええッ!?　なにそれなにそれ！　意味解《わか》らないよおー！　プンプン！】
クロム【意味解ってるから怒ってるんですよね、それ】

しゃろさんが入室されました。

しゃろ【ちーす】
しゃろ【あーあー、今日《きょう》は働きすぎてむっちゃ疲れたっすわー】
しゃろ【相変わらず仲悪いなあ、お前ら】
クロム【こんばんは】
甘楽【こんばんニャ！☆　しゃろさんもニャロさんに改名するといいですよ！　可愛《かわい》い！】
しゃろ【痛エー】
しゃろ【甘楽さん痛エー】
クロム【そうですね】
クロム【しゃろさんの言う通りだと思います】

甘楽【あーッ！　もう、なんですか二人して！　か弱い女の子を虐《いじ》めるなんて、男のする事じゃないぞう！】
クロム【そうですね。あなたがか弱い女の子なら……ですが】
しゃろ【あーハイハイ。俺《おれ》、女でいいや】
甘楽【キー！　少しはダラーズの門田《かどた》さんとか見習ったらどうですか！】
しゃろ【なんだよ、甘楽さん、門田の知り合いなのか？】
クロム【門田さんの知り合いにか弱い女の子なんていましたっけ】
しゃろ【あれ？　クロムも門田の知り合いって話でしたっけ？】
クロム【いえ、昨日《きのう》言った通り、ダラーズの掲示板《けいじばん》とかで情報をよく見るってだけです。まあ、その情報から察するに、あんまり女っ気ないかなーと】
しゃろ【ふーん。いや、俺は昨日も言ったけど、街でよく見かけるって感じかな。連れ添ってる女はいるけど彼女って感じでもか弱いって感じでもねーし】
甘楽【もー！　もー！　か弱いレディを放っておいて女の人の話をするなんて失礼ニャ！】
甘楽【まあいいです！　今日はそんな男らしくないなよ竹野郎《たけやろう》さん達が震《ふる》え上がるような事を教えてあげます！】
しゃろ【はいはい。怖《こわ》い怖い】
クロム【良かったですね】

甘楽【池袋《いけぶくろ》で、暴走族とカラーギャングの抗争《こうそう》が起こるかもしれませんよ！】
しゃろ【はあ？】
しゃろ【何をまた唐突《とうとつ》にトチ狂《くる》った事を】
甘楽【本当ですよ！　その、例の門田《かどた》さんが撥《は》ねられた件があるじゃないですか！　ニャ！】
しゃろ【ニャはいいから】
甘楽【最近、黄巾賊《こうきんぞく》復活の噂《うわさ》があるのは知ってますか？】
甘楽【その黄巾賊が、ダラーズに戦争を仕掛けるんじゃニャいかって噂もあったんですよ？】
甘楽【門田さんを轢《ひ》き逃げしたのは黄巾賊の人達で、宣戦布告じゃニャいかって】
甘楽【だけど、別の噂が出てるって知ってますか？】
しゃろ【おいおい、与太話《よたばなし》かと思ったらなんか真剣な話じゃねえか】
しゃろ【前置きもっと真面目《まじめ》にしろよ甘楽《かんら》さん】
しゃろ【あと、ニャはいいから】
クロム【別の噂というのは？】
甘楽【噂は、二つあるんですよ？】
甘楽【一つは、ダラーズの内部粛清《しゅくせい》じゃニャいかって噂】
甘楽【ダラーズが共食いしちゃったってわけです。怖《こわ》いニャー！】
クロム【共食いって】

クロム【門田さんはダラーズの顔役みたいなもんですよ？　なんでわざわざ……】
甘楽【門田さんは、男気溢《おとこぎあふ》れる人だったって話ですよ？　しゃろさんやクロムさんと違って！】
甘楽【だから、ダラーズの名前を使って悪さをする人がいたら、門田さんが睨《にら》みをきかせるんです。逆に、ダラーズの名前で好き勝手やりたい人には、門田さんが邪魔《じゃま》ニャのです☆】
しゃろ【ああ、なるほど】
しゃろ【まあ、一枚岩のチームならともかく、ダラーズじゃねえ】
しゃろ【って、俺《おれ》も形式上はダラーズなんすけどね】
甘楽【で、もう一つの噂が……屍龍です】
しゃろ【死龍？】
しゃろ【あ、漢字違う。屍龍】
クロム【屍龍って、暴走族のドラゴンゾンビですか？】
甘楽【ピンポンピンポン、大ピンポンです！　賞品として、クロムさんは今度ニャンニャンしてあげますニャン。ニャン☆】
クロム【別にいいです】
しゃろ【ああ、屍龍《ドラゴンゾンビ》って、暴走族のか】
甘楽【そうそう、その屍龍《ドラゴンゾンビ》さん達のジャケットを着た人達が、門田さんが事故にあった場所の周りでうろうろしてたって話があります】

しゃろ【そいつらが門田《かどた》を？】
甘楽【屍龍《ドラゴンゾンビ》はバイクだけじゃニャくて、車とかも持ってますからね】
甘楽【ダラーズを狙《ねら》って動き出してもおかしくニャいです】
クロム【なるほど……】
甘楽【でも、その二つの噂《うわさ》、実は別々の噂じゃないんですよ】
しゃろ【は？　なんで？】
甘楽【実は、ダラーズの中に屍龍《ドラゴンゾンビ》のメンバーがいるって噂があるんです！　しかもたくさん！】
しゃろ【はああ？】
しゃろ【まあ、そりゃ、ダラーズなんて誰でもなれるから、可能っちゃ可能だろうが……】
しゃろ【あ、待てよ？】
しゃろ【つまり、屍龍《ドラゴンゾンビ》の連中は、あれか？】
しゃろ【ダラーズを内部から乗っ取って、でっかい屍龍《ドラゴンゾンビ》にしちまおうってのか？】
クロム【確かに、それならつじつまが合いますね】
内緒モード　クロム【ところで甘楽《かんら》さん】
内緒モード　クロム【二人っきりで話したい事があるんですけど】
内緒モード　甘楽【】

内緒モード　クロム【おや。どうしました。空白のまま投稿なんて、初心者みたいですよ】
内緒モード　クロム【さて……あなた、誰ですか？】
内緒モード　クロム【甘楽さんじゃないですよね？】

甘楽さんが退出されました。

しゃろ【あれ!?】
クロム【どうしたんでしょうね】
しゃろ【ははーん。俺《おれ》に言いたい事を言われたから、悔《くや》しくて逃げたか……】
クロム【屍龍《ドラゴンゾンビ》に消されたのかもしれませんよ？】
しゃろ【こ、怖《こわ》い事言うなよ……】

・　・　・

♂♀

池袋《いけぶくろ》　臨也《いざや》のマンション

「まさか、使い分けてたうちの一つが、他人のなりすましに使われるとはねえ」

椅子《いす》の背もたれをギシリと鳴らした後、折原《おりはら》臨也は楽しそうに【甘楽《かんら》】の名前を使っていた人物に探りを入れる。

最初は妹達の悪戯《いたずら》かと思ったが、IPアドレスなどから見て、違うようだ。

話していた内容と、わざわざ管理人の甘楽を名乗った所から見て、【甘楽＝臨也】という事を知った人物による当てつけと見ていいだろう。

「九十九屋《つくもや》……いや、多分あいつじゃないな……。まあ、誰でもいいか」

自分になりすまして妙《みょう》な情報を吹き込んでいった【偽甘楽《にせかんら》】がどんな人物なのか、臨也はそれを想像してニヤリと笑う。

そして、次の瞬間《しゅんかん》──その笑顔を不意に消し去って呟《つぶや》いた。

「……にしても、『ニヤン』はないよねえ。『ニヤン』は……」

Ryohgo Narita
三章　獅子身中の蟲

夜　病院前

「……」

門田《かどた》の二度目の手術は無事に終わったらしく、生命活動も大分安定したらしい。

その話を聞き、杏里《あんり》は幾分安堵《いくぶんあんど》したのだが——意識そのものはまだ戻らないと聞いて、狩沢《かりさわ》の様子を窺《うかが》った。

「私も一端《いったん》シャワー浴びに帰るから、杏里ちゃんも今日《きょう》は帰りなよ。ドタチンが目ぇ醒《さ》ましたら、『もう少し早く起きてれば、巨乳眼鏡ッ娘《きょにゅうめがねこ》の堕天使《だてんし》エロメイドが見れたのに！』って伝えておくからさ」

彼女は笑いながらそう言い、続いて、アズサ達を慰《なぐさ》めに席を立った。

それを邪魔《じゃま》する権利など自分にはないと思い、杏里は一通りの挨拶《あいさつ》を終え、病院の外に出て来たのだ。

──誰かと話をしたい。

急激に不安になった彼女は、携帯電話を手に取る。

待合室で多くの人間と門田《かどた》の無事を祈《いの》り続けた、その反動からか、病院から足を踏《ふ》み出した途端《とたん》に、急激な孤独感に襲《おそ》われたのだ。

──こんな事、前は無かったのに……。

罪歌《さいか》の事件でセルティ達と知り合うまでは、その孤独すらも心から閉め出し、『額縁《がくぶち》の向こう側』の風景に押しやり、他人事《ひとごと》として眺《なが》め続けたのである。

だが、今は違う。

自分が孤独であるという事を、額縁のこちら側の事として──自分自身に襲いかかる感情だと認識してしまっている為《ため》、急激に彼女の心を揺らがせたのだ。

体の内から湧《わ》き上がる『罪歌』の声すら愛《いと》おしいと思い始めた自分に危険を感じ、彼女は誰かと電話する事で気を紛《まぎ》らわせようとする。

帝人《みかど》とはまだ直接話をする気にはなれず、正臣《まさおみ》も携帯を変えてしまっているようで、そもそも電話が通じない。

──こんな時に頼るなんて、ズルいと思うけど……。

杏里は自分を責めつつ、一人の番号に電話した。

自分が完全に心を閉ざしていた頃から、心をある程度開くようになった現在に至るまで、変わらず友達で居続けてくれた相手。

恋人ができて距離《きょり》が空いてしまったものの、それでも自分を友人だと呼んでくれる少女、張《はり》間美香《まみか》に対して。


しかし、呼び出し音は響《ひび》くのだが、電話が取られる様子は無い。

「出かけてるのかな……」

あるいは、恋人である矢霧誠二《やぎりせいじ》と出かけている最中なのかもしれない。

だとすると、これ以上呼び出すのは迷惑《めいわく》になるだろうと思い、杏里は孤独を受け入れつつ家路を急ぐ事にした。


彼女は、まだ知らなかった。

現時点では、知る由《よし》も無かった。

この日を境に——

矢霧誠二と張間美香が、それぞれの自宅から姿を消してしまったという事を。

♂♀

夜　池袋《いけぶくろ》某所《ぼうしょ》

交通機動隊員――早い話、白バイの乗り手である葛原金之助《くずはらきんのすけ》は、とある路地の中でエンジンを止めた。

一日前に轢《ひ》き逃げがあったという路地だ。

近くの電柱には『目撃者求む《もくげきしゃ》』といった内容の看板《かんばん》が括《くく》り付けられており、傍《そば》には、それを眺《なが》める一人の女性が立っていた。

決められた巡回《じゅんかい》ルートのパトロールを終えた葛原は、今日《きょう》切った違反切符《きっぷ》の処理の為に本部に戻る最中だった。だが、有能ではあるものの真面目一辺倒《まじめいっぺんとう》とは言い難《がた》い葛原は、白バイで敢《あ》えて寄り道をした上で、その女性に対して車上から声をかけた。無論、駐停車《ちゅうていしゃ》が可能な道と確認した上での行動だが。

「よう、真珠《まじゅ》ちゃん。今日は非番かい」

「あ……叔父《おじ》さん！」

「ここが轢き逃げの現場なんだってな。死亡事故じゃねえんで大袈裟《げさ》にはなってねえが、署《しょ》の連中が色々と噂《うわさ》してたぜ」

私服姿の妊《めい》に声をかけた金之助は、事故の痕《あと》が僅《わず》かに残る現場を見て、苛立《いらだ》たしげに呟《つぶや》く。

「ったく、俺《おれ》の縄張《なわば》りで轢き逃げたぁ、舐《な》めた真似《まね》してくれたもんだ」

「仏《ほとけ》さんが出なかっただけマシですよ。でも、色々と荒れそうで……なんだか今日は署の方も慌《あわ》ただしかったし」

「ああ、撥《は》ねられたの、カラーギャングの幹部なんだってな」

渡草《とぐさ》のバンからも何度か違反切符を切った事がある葛原だが、その助手席に座っている男が当の被害者だとは気付いていない。

「ええ、ダラーズっていう、なんか得体の知れないカラーギャングですよ。そのダラーズ周りで抗争が起きるんじゃないかって、少年課の人達がヤキモキしてましたから。今日は署に行ってないから詳《くわ》しくは解《わか》らないですけど、街じゃ平和島静雄《へいわじましずお》が逮捕《たいほ》されたって噂が流れてますから、生活安全課の人達は大変だと思いますよ」

「平和島静雄？　ああ、噂にゃ聞いてるし、街を走ってるとたまにバーテン服を見かけるな」

——そういや、あの法螺田《ほらだ》とかいう小僧《こぞう》も平和島がどうこう言ってやがったな。

以前、折れた道路標識を載《の》せたボロボロの乗用車が、葛原の白バイに幅寄《はばよ》せをするという事件があった。その男達を現行犯《はん》逮捕した際、『違うんだぁ！　標識は俺らじゃなくて平和島静雄が！　あんたを轢こうとしたのは、黒バイクと間違えて！』と喚《わめ》いていた事を思い出した。

「叔父《おじ》さんは知らないかもしれないけど、池袋《いけぶくろ》の街じゃ凄《すご》い有名人なんですよ。ダラーズとも関わりがあるって言うし、噂《うわさ》じゃ、叔父さんが追っかけてるあの首無しライダーと友達だなんて噂もあるぐらいですからね」

「……ほう？　あのバケモノとねぇ」

その黒バイクからは自分の方がバケモノと呼ばれているとも知らず、葛原金之助《くずはらきんのすけ》は改めて姪《めい》に問いかけた。

「で、そいつ、今、支店《所轄》にいるのか？」

「私より、今日《きょう》勤務日の叔父さんの方が詳《くわ》しいんじゃないですか？」

「それもそうだな。じゃ、俺《おれ》はそろそろ行くわ。ありがとな」

姪の真珠《まじゅ》と別れ、葛原は本部への帰路につく。

「あのバケモノも、ちゃんと人と関わって生きてるってわけか」

街の風を全身に浴び、舌打《したう》ち混じりの愚痴《ぐち》を零《こぼ》しながら。

「だったら……あんな命知らずな運転するんじゃねぇよ。馬鹿野郎《やろう》が」

♂♀

夜　池袋　サンシャイン通り

平和島静雄《へいわじましずお》が逮捕《たいほ》された日の夜、ヴァローナは不機嫌《ふきげん》だった。

自分が何故《なぜ》こうも苛立《いらだ》っているのか、その理由が整理しきれない事が新たな苛立ちを呼び、歯痒《はがゆ》さのスパイラルから抜け出せずにいる。

普段は街を歩いているとナンパされる事の多い彼女であったが、ナンパ師やスカウト達も彼女の目に浮かぶ険呑《けんのん》とした色を見極めているのか、今日は誰一人として声をかけて来なかった。

「そうカリカリすんなよ。あいつならすぐに出てくるって」

そんな部下の様子を見かねたのか、少し後ろを歩いていた田中《たなか》トムがやんわりと語りかける。

だが、窘《なだ》められた彼女の方は、一体何を言われているのか解《わか》らないといった顔で、眉《まゆ》を顰《ひそ》めながら問いかけた。

「理解の進行が停滞《ていたい》します。静雄先輩《せんぱい》の捕縛《ほばく》と連行と私の心情が憤《いきどお》る事象に、何の関連性が存在するのでしょう？」

「カリカリが『怒ってる』って意味なのはちゃんと解ってるのな……」

イントネーションは完璧《かんぺき》なのに、ヴァローナの日本《にほん》語はいつも難解だ。トムの会社の社長が言うには『多分、できるだけ堅苦《かたくる》しい単語とかを並べるのが綺麗《きれい》な日本語だと思ってるんだろう』との事だったが、綺麗な日本語どころか、慣れない内は会話する事も難解な始末である。

「しかし、しかしながら、猜疑《さいぎ》の種《たね》は尽《つ》きません。何故《なぜ》静雄《しずお》先輩《せんぱい》が……」

静雄が警察に連行されたのは、夕方の事だ。

令状を携《たずさ》えての『逮捕《たいほ》』という形ではなく、あくまで任意同行という形である。

『一般人に対する傷害罪』

それが、静雄にかけられた嫌疑《けんぎ》との事だった。

被害届が出ているとの事で、警察は迅速《じんそく》に平和島《へいわじま》静雄の働くビルにやってきたのだが——私服の刑事《けいじ》の他《ほか》に、制服姿の警官が五人訪れたという異例の状況から見ても、警察内部でも『平和島静雄』の名は有名らしかった。

社長は「弁護士を通すから任意は断っておけ」と言ったのだが、静雄は『身に覚えのないもんはないんすから、大丈夫《だいじょうぶ》っすよ』と、暢気《のんき》な事を言って警察に同行してしまったのである。

「あいつ、うちで働く前に一回、誰だかにハメられて警察にパクられてるからなあ。その時も、執行猶予《しっこうゆうよ》付きで実刑は喰らわなかったが、暫《しばら》く留置所《りゅうちじょ》にぶち込まれてたらしい」

歩きながら言うトムに、ヴァローナが問う。

「不可解です。陥《おとしい》れられたのが明確にも関わらず、刑を執行《しっこう》されたのですか？」

「最初の罪に関しちゃ冤罪《えんざい》って解《わか》ったんだけどよ。捕《つか》まる時にあいつぶち切れてよお、暴れて自動販売機をパトカーに投げつけたり、色々やったらしいんだわ。それで器物損壊《そんかい》に公務執行《しっこう》妨害《ぼうがい》ってわけだ。話を聞いた時は、良く殺人未遂《みすい》とかにならなかったと思うぜ」

「しかし、静雄先輩ならば、別の案件でもっと目をつけられている可能性が高確率に思います」

尚《なお》もトムに食い下がるヴァローナ。

彼女のイメージでは、日本は世界の中でも警察の目が厳しい法治国家だ。

自分達も非合法な活動をしていたり、銃刀法《じゅうとうほう》に違反していたとはいえ、警察の目を誤魔化《ごまか》す為に、使える手練手管《てれんてくだ》は全《すべ》て使ってきた。

だからこそ、彼女は静雄がガードレールや外灯を引き抜いたりしても捕まらない事が不思議でならなかったのである。

そんな彼女の疑問に、トムは溜息《ためいき》を吐《つ》き、街の夜空を見上げながら答えた。

「壊《こわ》したもんについては、社長がその都度、静雄の肩代《かたが》わりして弁償《べんしょう》してるよ。その分、静雄の社長に対する借金が増えて、静雄はもっとバリバリ働かないといけねえんだがな」

「借金を盾《たて》に労働を強制するのは、法律に違反しているのでは？」

「正確には、給料から借金を天引きするのがアレだとか色々細かい法律はあるらしいけどな。まあ、それ言ったらそもそも俺《おれ》らの取り立てだって本当は弁護士がやんなきゃなんねー仕事なんだし、色々とブラックなとこもあるってコトよ」

「尚更《なおさら》理解が不能です。何故、静雄先輩は……」

「逮捕《たいほ》して欲しいのか？」

「いえ、その可能性は皆無《かいむ》です」

キッパリと言い放つヴァローナ。

トムは肩《かた》を竦《すく》めて笑った後、自分も社長から聞きかじった話を紡《つむ》ぎ出した。

「静雄《しずお》の器物損壊《きぶつそんかい》とかを立件しようとすると、色々と都合が悪い事もある、って事さ」

「？」

「例えばだ。静雄の力をその目で見た事のない裁判官に『この容疑者は、素手《すで》で電柱をへし折って振り回しました』なんて言った所で、誰がそんな荒唐無稽《こうとうむけい》な話を信じる？」

言われて見ればと頷《うなず》きかけるも、ヴァローナは少し考えた後、更《さら》に首を傾《かし》げる。

「面妖《めんよう》です。イザとなれば、証拠《しょうこ》などいくらでも作れるのでは？　ビデオ撮影などで検証も可能かと。そもそも、静雄先輩《せんぱい》は本当にやった罪を否定するとは思えません」

「そうなったらそうなったで厄介《やっかい》なのさ。例えば、本当に静雄がガードレールを引っこ抜いたとする。となると、『静雄一人が特別だ』なんて知らない連中は、こう思うだろうな。『電柱って、人の手で折れるような脆《もろ》い素材を使っているのか』とか『人の手で引っこ抜けるような手抜き工事をしているのか！』ってな」

「……！」

「ゴジラに踏《ふ》みつぶされたビルを手抜き工事なんて言う奴《やつ》はいないけどよ、世間じゃゴジラはきっちりフィクションって事になってるからな。静雄の怪力は完全にフィクションの範疇《はんちゅう》ってわけだ。で、実際に静雄にも壊《こわ》されないぐらい頑丈《がんじょう》な電柱だのガードレールだの作るとなりゃ、どのぐらい予算がかかると思う？」

皮肉げな笑みを浮かべ、ヴァローナをチラリと見るトム。

彼女の顔は得心《とくしん》がいったという表情と、どこか納得できないという顔が入り交じっていた。

「警察組織が、それで罷《まか》り通るものでしょうか」

考えて見れば、自分の故郷であるロシアの警察体制などについても、彼女は詳《くわ》しく知っているわけではない。本や新聞で過去の汚職事件などが取りざたされている事はあっても、本にはそれ以上の情報など書かれてはいないのだ。そして、彼女には、書かれた事から現実を推測する能力に長《た》けているわけでもない。

考え込むヴァローナから視線を外し、軽い調子で続けるトム。

「どうだろうね。俺《おれ》は基本的に警察は半分信用してるし、捜査《そうさ》に協力するのもやぶさかじゃねえさ。ただ。どこかの国の警察じゃ、『明らかに自殺じゃない』って解《わか》ってても自殺だって処理しちまう事もあるらしいからな。その辺は、絶対正義の組織なんて無いって事だろ。まあ、日本《にほん》の警察が真面目《まじめ》であることを祈《いの》るしかねえさ」

「では、静雄先輩は何故今日《なぜきょう》に限って……」

「ああ、そりゃ簡単さ。そもそも、静雄を器物損壊だのなんだので逮捕できないってんで、暴行罪で逮捕《たいほ》できないかって目をつけてたんだろ。普段静雄《しずお》がぶん投げたりぶん殴《なぐ》ったりしてるのは、警察に通報したくてもできないようなスネに傷ある連中ばっかだからな。今回みたいに、被害届が出るってのは、言い方は悪いが、チャンスなんだろうよ」

そこまで言った後に、トムは深い溜息《ためいき》を吐《つ》く。

「俺《おれ》は、静雄がなんの理由も無く女をボコボコにしたなんて話は信じてねぇ。どうせ下らねぇ勘違《かんちが》いか、誰かがまた静雄を嵌《は》めようとしてるってだけだろ」

だが、そこで不意に顔を曇らせ、言った。

「心配なのは……あいつ、事情聴取《ちょうしゅ》っつーか、取り調べの最中にブチぎれて、警察署の中で暴れなきゃいいなーって事ぐらいか」

♂♀

その後、ヴァローナはトムに露西亜寿司《ロシアずし》にでも顔を出すかと聞かれたのだが、未だにサイモンやデニス達に顔を合わせづらい為、彼女なりにやんわりと断ってトムと別れた。

静雄やトム達の会社から用意して貰《もら》ったアパートに帰る最中、彼女は静雄が今後どうなるのか考え続けた。

本当に警察署内で暴れたとしたら、静雄は簡単に脱出《だっしゅつ》できるのではないだろうか。

留置所《りゅうちじょ》の鉄格子《てつごうし》や壁ぐらいならば素手《すで》で充分に破壊《はかい》できるだろうし、手錠《てじょう》も飴細工《あめざいく》のように引きちぎる事が可能だろう。

素手の相手に日本《にほん》の警察が発砲《はっぽう》するとも思えないが、静雄の場合、撃《う》たれても平気なのではないだろうか。

——脱走《だっそう》した凶悪犯《きょうあくにん》である静雄先輩《せんぱい》。正当防衛として、堂々と勝負できる。

——だが、まだ私自身が勝てる程《ほど》に成長しているとは思えない。

——それに、缶《かん》コーヒーを奢《おご》ってもらった借りを返していない。

——美味《おい》しいケーキの店に連れて行ってもらった借りもだ。

——……。

頭の中でそんな事を考え、ヴァローナは思わず顔を曇らせた。

——何故《なぜ》、私は、静雄先輩と戦わない理由を探している？

自分が静雄の傍《そば》にいる目的は、静雄が自分の人生の目的そのものだからだ。首無しライダーのような化け物ではなく、『人間』としての強さの完成形。

彼と満足いくまで壊《こわ》し合えば、長年の疑問が解ける筈《はず》だ。

人間とは、果たして脆《もろ》いものなのか、それとも強いものなのか。

基本的に物理的な強さしか見る事のない彼女にとって、自分の中にある『戦いたくない』という感情など到底理解できるものではなかった。

だからこそ、自分の中に湧《わ》き上がるモヤモヤとした想《おも》いの正体が解《わか》らず、難しい顔をしながら一人夜道を歩き続ける。


と、そんな彼女の前に、大柄《おおがら》な影が立ち塞《ふさ》がった。

「久しぶりだな、ヴァローナ」

「……。……ッ⁉」

突然《とつぜん》目の前に現れた巨影《きょえい》に、ヴァローナは全身の神経をとがらせ、筋肉《きんにく》を即座に戦闘態勢になるまで加熱する。

だが、同時に彼女は気が付いた。

目の前に立つ男が、自分の知り合いであるという事を。

「スローン⁉」

2メートルを超す長身に、その巨体《きょたい》に見合った巨大《きょだい》なアルミ製の杖《つえ》。

肌《はだ》の露出《ろしゅつ》した部分の殆《ほと》どに包帯《ほうたい》が巻かれてミイラ男のようになっているが、全体的な面影《おもかげ》から、相手がかつての自分の相棒《あいぼう》であると確信するヴァローナ。

数ヶ月前、粟楠《あわくす》会と揉《も》めた際、ヴァローナとスローンは同時に捕《と》らえられている。だが、ロシアの武器商人達と粟楠会の取引により、ヴァローナは解放され、スローンはそのまま粟楠会の関係する場所に運ばれていったのだ。

「生存が可能だったのですか!?　現時点に到るまで、如何《いか》なる場所で如何なる行動を!?」

赤林《あかばやし》から生きている可能性を聞いてはいたものの、手がかりも無く、仕事上の相棒という以上の関係ではなかったため、基本的に無事を祈《いの》る事しかできなかったヴァローナだが——やはり突然の再会という事実に驚《おどろ》き、彼女にしては珍《めずら》しく目を丸くしてスローンを見つめていた。

「まあ、色々とあってな」

そう言いつつ、スローンは自らの口元に手をやり——義歯が十本ほど並んだ入れ歯を摘《つま》み上げ、すぐに戻しながら喋《しゃべ》り続ける。

「歯を十本ほろけるりえうあえあだけで……すんだ」

部分入れ歯を取った瞬間《しゅんかん》の言葉が聞き取れなかったが、何が起こったのかは想像できる。それだけではなく、体中にも同じような、通常なら絶対に刻まれぬ類の傷があるのだろうと想像できた。

杖の先端《せんたん》をアスファルトにガツガツとすりつけながら、スローンは引き摺《ず》る足を一歩ヴァローナへと近づける。

「今は、粟楠会から派遣《はけん》される形で、情報屋の助手みたいな事をやらされてるがな。どんな裏《うら》取引があって、死ぬしかない筈《はず》だった俺《おれ》が生かされているのかは解《わか》らん」

「そうですか……。貴方《あなた》の生存確認に安堵《あんど》しました」

「安心するのは早いと思うがな」

「？」

首を傾《かし》げるヴァローナに、スローンは言う。

「暫《しば》く、この街から離れた方がいい。ここは、お前にとって危険な場所になる」

「理解不能です。この街は非常に温《ぬる》い街と感じます。紛争《ふんそう》区域と比較、論外です。危険を感じる要素など皆無《かいむ》に過ぎません」

「確かに。だが、この街が危険というわけじゃない。お前が、ちょっとした抗争の歯車にされかけてるってだけの話だ。正確に言うなら、お前と俺《おれ》がな」

「歯車？」

本気で心配している様子のスローンに、ヴァローナは再会の歓《よろこ》びも忘れて眉《まゆ》を顰《ひそ》める。

「所望《しょもう》するところです。私を策謀《さくぼう》の渦中《かちゅう》に陥《おとし》いれる、それが困難であると悔恨《かいこん》の念を抱《いだ》かせるまでです。煽動《せんどう》者は何者ですか。先に始末しましょう」

「お前には無理だ。今のお前にはな」

「どういう事ですか。説明を要求します」

僅《わず》かに苛立《いらだ》ちを見せるヴァローナに対し、スローンは口を嘲笑《ちょうしょう》気味に曲げ、言い放った。

「この街の温さに居心地の良さを感じてしまったお前は、もう昔のように戦えないだろう？」

「……ッ！　官尊民卑《かんそんみんぴ》に値する蔑視《べっし》に晒《さら》すのですか、私を！」

「おいおい、もはや何を言ってるのか解《わか》らんぞ」

侮辱《ぶじょく》されたと感じたヴァローナは、冷静にスローンを昏倒《こんとう》させる計画を打ち立て始めたのだが——

「そう意地悪しちゃ可哀相《かわいそう》ですよ、スローンさん」

横からかけられた声が、ヴァローナの苛立ちを急速に冷やし込む。

「熱かったり冷たかったりするより、ぬるま湯の方が体に良いこともあるんですよ？　温い環境にいたお陰で、もはや彼女は前より遥《はる》かに恐ろしい存在になってるかもしれませんしね」

「……茶化《ちゃか》す為に後を付けてきたのか？」

眉を顰めながら言うスローンに、男は肩《かた》を竦《すく》めて言った。

「まさか。君の元相棒《あいぼう》に興味があっただけさ」

チラリとこちらを見て来る若い男を前にして、ヴァローナはスローンに問いかける。

「……？　誰です？」

すると、スローンではなく、男の方が慇懃《いんぎん》に一礼しながら答える。

「ま、一度君に依頼をした事もあるんだけど、君とは顔を合わせなかったっけ？　折原臨也《おりはらいざや》。この街で情報屋っていう特殊な商売をしてる、街の人達の便利屋さんさ」

「……オリハラ、イザヤ」

ヴァローナはその名前に心当たりがあると気付き、臨也《いざや》と名乗る男に目を向けた。

「思い出しました」

「おや、依頼人の名前を全部覚えていてくれるなんて、さすがプロ……」

言いかけた所で、ヴァローナの鋭い蹴《け》りが臨也の鼻先に迫る。

「おおっと!?」

間一髪《かんいっぱつ》でそれを避《さ》け、数歩飛び退《の》きながらスローンの背に隠《かく》れるように移動した。

「こりゃ驚《おどろ》いた！　美影《みかげ》ちゃんと良い勝負の蹴りなんじゃないかな？　スローンさん、彼女、やっぱり腕《うで》は落ちてないんじゃない？　っていうか、そもそも、何で俺《おれ》は蹴られそうになったのかな？」

不思議そうに尋《たず》ねる臨也に、ヴァローナが口を開く。

「静雄《しずお》先輩《せんぱい》の不倶戴天《ふぐたいてん》の怨敵《おんてき》。そう聞き及んでいます。ここで貴方《あなた》を始末、さすれば静雄先輩への恩借《おんしゃく》を返上する事が可能となります。恨《うら》みは皆無《かいむ》ですが、覆滅《ふくめつ》を望みます。駆除《くじょ》を受理して下さい」

「へえ……。驚いたよ。あのシズちゃんが、怪獣《かいじゅう》とかに喜ぶ子供ならともかく、年頃の女の子を手懐《てなづ》けるなんてね」

興味深そうに笑うが、多くの人間を観察しているヴァローナの目には、その笑顔の裏に異常なまでの苛立《いらだ》ちがある事に気が付いた。

「まあいいさ。君が最終的に誰の手駒《てごま》になるのか、人間観察を趣味とする俺《おれ》としては非常に興味深い所だからね。それに俺は寛大《かんだい》なんだ。君があの鉄骨魔人《まじん》の味方だろうと、ちゃんと君の事は人間の一人として好きになってあげようじゃないか」

カラコロと子供のように笑いながら語る、折原臨也《おりはら》という男。

平和島《へいわじま》静雄がこの男を『害虫』と評していた事を思い出し、ヴァローナは妙《みょう》に納得《なっとく》する。

――確かに、虫のような男だ。

――笑ってはいるが、全《すべ》て昆虫《こんちゅう》の擬態《ぎたい》のようだ。

目の前の男に不気味《ぶきみ》なものを感じつつ、ヴァローナは自然と一歩後退《あとずさ》った。

近づかせてはならない、という静雄の言葉を深く実感したからだ。

恐らく、この男はシロアリのような生き物だ。

近づいた人間が住む家の土台を食い荒らし、家主ごと家屋を押し潰《つぶ》すタイプの男に違いない。

ロシアにいる父の下で働いていた時にも、彼と同じ空気を纏《まと》う人間を何人も見て来た。

その内の一人がロシアンマフィアの幹部だった事を思い出し、臨也という人間に対する警戒《けいかい》心《しん》を更《さら》に一段階引き上げる。

「どうやら嫌《きら》われちゃったみたいだね。それじゃ、行こうかスローン」

「……行く？　何処《どこ》へだ？　今日《きょう》の仕事は全《すべ》て終わった筈《はず》だが」

「妙な動きがあったんで色々と確認してたんだけど、波江さんと連絡が取れなくなっ、な、なっ、て、ね。もしかしたら、先手を打たれたかもしれない」

カラカラと笑ったまま、深刻な内容をスローンに語る臨也《いざや》。

彼は警戒《けいかい》を続けるヴァローナに聞かれる事も構わず、淡々《たんたん》とスローンに指示を出す。

「明日《あした》の朝までに、一気にカタをつけよう。そうすれば、君が心配している元相方《あいかた》も、『奴《やつ》ら』の手駒《てごま》にならずに済むだろうからねぇ」

聞こえる事も構わず、ではない。寧《むし》ろ、自分に聞かせる事を目的とした台詞《せりふ》だ。

ヴァローナはそう確信し、眉間《みけん》に深い皺《しわ》を刻む。

――気にくわない。

――なんだ、この男は。

明確な悪意を感じたわけではない。ただ、なんとなく目の前の男が『有害』であるという予感に満たされてた。

それは、ヴァローナ自身が平和島《へいわじま》静雄《しずお》やトム、あるいは池袋《いけぶくろ》の街自体に感化されつつある証《しょう》拠《こ》だったのかもしれない。

だが、彼女はそんな自分の心に気付く事無く、ただ、敵意を隠《かく》すことなく折原《おりはら》臨也を睨《にら》み続けた。

対する臨也は、その敵意すら心地好いという調子で、軽い笑みをヴァローナに向け、そのまま路地を立ち去った。

残されたヴァローナは、表情を硬《かた》くしたまま、夜の街を睨む。

今、池袋の街で何かが起きている。

そして、そこには自分達の存在も繋《つな》がっているらしい。

「……」

彼女の心中《しんちゅう》に浮かぶのは、数ヶ月前、赤林《あかばやし》という男にあっさりと抑《おさ》え込まれた時の光景。自分達の知らぬ所で行われていた、父と粟楠会《あわくすかい》の密約。

掌《てのひら》の上で命を転がされた屈辱《くつじょく》が頭の中に蘇《よみがえ》り、彼女の心は静かに研《と》がれつつあった。

——もう、あんな真似《まね》はさせない。誰にもだ。

——私を利用しようとする者がいるなら、覚悟《かくご》しておくといい。

——それだけの代償《だいしょう》は、必ず支払《しはら》わせる。

彼女の心は徐々《じょじょ》に氷に閉ざされ、街に来たばかりの頃と同じ表情に戻りかけている。

ヴァローナにとって、平和島静雄という存在は、彼女のストッパーになりつつあったのだ。

門田《かどた》が遊馬崎《ゆまさき》達の歯止めとなっていたように、平和島静雄という存在は、彼女の中で熱く心を煮えたぎらせる『目的』である。

そして——今、彼女の心を熱く震《ふる》わせる男はいない。

狙《ねら》ったものか、あるいは偶然《ぐうぜん》か。

折原臨也《おりはらいざや》という、静雄《しずお》の言う『害虫』による挑発《ちょうはつ》は、確かにヴァローナの心に冷たい毒を流し込んだ。

♂♀

都内郊外　廃《はい》ビル　2F

「構わないだろ？　竜ヶ峰帝人君」

突然《とつぜん》帝人《みかど》達の前に現れたその男は、一瞬《いっしゅん》で場の空気を塗り替えた。

「え……？」

それまでただ訝《いぶか》しげに見ていただけの帝人の全身が——その瞬間《しゅんかん》、凍《こお》り付いたのだ。

男が特別に何かしたというわけではない。

竜ヶ峰《りゅうがみね》帝人という名前を口にした。ただ、それだけだ。

だが、男の佇《たたず》まいが、息づかいが、声の裏《うら》に隠《かく》された重みが、初対面なのに名前を知っているという不可解な事実が、色眼鏡《めがね》によって視線の読めぬ不気味《ぶきみ》さが、全《すべ》て一つの『威圧感』となって、竜ヶ峰帝人に今まで感じた事の無い緊張《きんちょう》感を抱《いだ》かせていた。

ダラーズの初集会の際、矢霧誠二《やぎりせいじ》の姉と対面した時よりも――

杏里《あんり》が切り裂《さ》き魔《ま》に襲《おそ》われたと聞いた瞬間《しゅんかん》よりも――

セルティに連れられて廃工場に乗り込み、傷だらけの正臣《まさおみ》を目にした時よりも――

暴走族に追われ、門田《かどた》のバンで逃げた時よりも――

後輩《こうはい》である青葉《あおば》達に、正体を明かされた時よりも――

恐《おそ》ろしい暴力の塊《かたまり》である、聖辺《ひじりべ》ルリのストーカーに襲《おそ》われた時よりも――

今、この瞬間の方が、遥《はる》かに帝人の全身を怯《おび》えさせている。


突然《とつぜん》現れた妙《みょう》な男に、名前を呼ばれた。

ただそれだけの事実が、帝人の全身に今まで感じたことないの警報音を鳴り響《ひび》かせる。

相手の声がそのまま無数の蛇《へび》となり、体中の皮膚《ひふ》を食い破られ、血管の内部から全身を締め付けられるような感覚。


――死ぬ。　――まずい。　――何が？　――解《わか》らない。　――でも、僕《ぼく》は死ぬ？

――何で？　――いやだ。　――死にたくない。　――まずい。

――誰？　――危険だ。　――死ぬ。　――逃げないと。

――何者？　――ダメだ。　――殺される。　――死にたくない。

――まだ、やらなきゃいけない事が。――いやだ。まだ死にたくない嫌《いや》だ嫌だ嫌だ嫌だこんなところでまだ死ねない生きたい逃げ出したい早くどこかへでも駄目《だめ》だ逃げるわけにはいかない死ぬわけにもいかないなんとかしないとなんとかしないと何かしなければ何か何か何か――――

何故《なぜ》、自分が死を予感したのか、何故、こんなにも恐怖《きょうふ》を感じているのか。それすらも解《わか》らぬまま、ただ、帝人《みかど》は自分の本能に従い、何かを叫《さけ》ぼうとした。

「――ッ……あ……」

だが、極度の緊張《きんちょう》は帝人の口中からあっという間に水分を排除《はいじょ》し、まともに喋《しゃべ》る事もままならない状態だ。

全身から汗《あせ》を噴《ふ》きだし、口をパクパクさせる帝人を見て――男は、カツン、と杖《つえ》をアスファルトに叩《たた》きつけた。

乾《かわ》いた音が再び帝人の鼓膜《こまく》を震《ふる》わせ、それを機に、謎《なぞ》の男は一度ヘラリと笑い直した。

先刻までとは違い、締め付けるような空気は感じられない。

「……？　あ、ええと……」

自分が緊張感から解放された事に気付き、改めて眼前の男を観察する。

色眼鏡《めがね》をかけた男は、杖《つえ》をヒョイと持ち上げ、自分の肩《かた》を軽く叩きながら口を開いた。

「いやあ、安心したよ」

「今ぐらいの空気で、きちんとビビってくれる子でさ」

ヘラヘラとしながら一歩こちらに近づく男。

「逆に、平気な面《つら》でいるような危ない奴《やつ》だったら、どうしようかと思ったよ」

そんな彼の言葉を聞いて、やっと事態を呑《の》み込んだのか、ブルースクウェアの少年達がワラワラと動き出す。

「おい、なんすかオッサン」

「ここは俺《おれ》らの貸し切りなんすけど？」

数人で同時に近づき、その内の一人が胸ぐらを摑《つか》もうと手を伸《の》ばす。

『おい、すぐに止《や》めさせるんだ』

ほぼ同時に、セルティが帝人にPDAを見せる。

「え？」

帝人がそう呟《つぶや》くのと同時に——

男の周りにいた少年達の体が、次々と宙《ちゅう》を舞う。

正確には、男によって勢い良く転ばされただけなのだが。

「!?」

何が起きたのか、転がされた本人達も、傍目《はため》に見ていた者達も理解できなかった。

「？」

ただ、背中を強く打ち付けたらしく、転がった少年達は痺《しび》れて立ち上がる事もままならない様子だった。

「超能力？」

帝人《みかど》が普通ではありえない事を想像してしまったのは、目の前にセルティという『普通ではありえない存在』が居た事もあるだろう。

だが、当の男は帝人の言葉に吹き出し、ヘラヘラ笑いながら否定した。

「よせやい。ただの技術だよ。おいちゃんに超能力なんてあったら、とっくに……とっくに……そうだな？　何になればいいかな？　運び屋さん」

不意に話を振られ、セルティが慌《あわ》ててPDAに文字を打つ。

『私に聞かれても。どんな超能力かにもよると思いますし』

「それもそうだ。まあ、自分で考えておくとしようかね」

帝人の位置からPDAの文字は見えなかったが、何か談笑のような雰囲気《ふんいき》というのは解《わか》る。

「あの、セルティさん。こちらはどなたなんですか？」

他人行儀《たにんぎょうぎ》で尋《たず》ねる帝人に、セルティは迷いながら、まず、赤林《あかばやし》に問う。

『言っちゃっていいんですか？』

「構わないよ？　おいちゃん、そのつもりで来たんだからさ」

確認した後、セルティは、帝人と青葉《あおば》に対してハッキリと事実を突《つ》きつけた。

『この人は、赤林さんって言ってね。粟楠会《あわくす》の、幹部の人だ』

「粟楠会って……もしかして」

『早い話、その筋《すじ》の人……って事』

ゾクリ、と、その事実が突《つ》きつけられた事に、帝人の背が打ち震《ふる》える。

粟楠会の名は、母体である目出井《めでい》組と比べると、進んで調べなければ解らないような名前だが——帝人もネットの海を漂《ただよ》って池袋《いけぶくろ》の情報を探る際、何度もその名を目にした事があった。

そして、粟楠会がどういう筋の組織なのかも、ハッキリと理解している。

覚悟《かくご》は、していたつもりだった。

同時に、この瞬間《しゅんかん》がこない事を望んでもいた。

しかし、目の前に現れた赤林という男は、死を告げる妖精《ようせい》のように、帝人にそれを伝えに来たのだ。

ダラーズという存在が、街の裏側《うら》、更《さら》に深みに足を踏《ふ》み入れている、という事実を。

青葉も厳《きび》しい顔で赤林の方に目を向けており、同時に、手で仲間達に『動くな』と合図をしているようだった。

そんな周囲の緊迫《きんぱく》する空気の中、原因となっている男はヘラリと笑い、帝人の傍《そば》に積んであった資材に腰《こし》を下ろす。

「まったく、どんな偶然《ぐうぜん》かね。ここは、おいちゃんもちょっと知ってる場所でさぁ。それとも、こないだトラブルが起こったから、この場所をお兄《にい》ちゃん達が知ったのかな？」

「？」

言葉の意味が解《わか》らない帝人《みかど》が心中《しんちゅう》で首を傾《かし》げるものの、青葉《あおば》は何か心あたりがあるのか、ほんの僅《わず》かに目を逸《そ》らす。

その違いを赤林は見留《みとど》めていたが、敢《あ》えて何も言わず、そのまま言葉を紡《つむ》ぎ続けた。

「いやいや、そんな話はおいておこうか。竜ケ峰《りゅうがみね》帝人君。どうしておいちゃんが君の名前を知ってるのか、気になるかい？」

「……いえ。赤林《あかばやし》さんの、その……」

「あーあー、おいちゃんには、ハッキリとヤクザって言っちゃっていいよ？　ただ、元々ヤクザっていうのはいい意味の言葉じゃないからねえ。面《めん》と向かって言うと怒る同業者さんもいるから、そこは気を付けた方がいいよ」

「……ありがとうございます。それで、その……ヤクザ屋さんだったら、僕《ぼく》の事なんて簡単に調べられるでしょうから……」

粟楠会《あわくすかい》はともかく、暴力団というものがどれほどの力を持っているかというのは、帝人も良く知っている。闇金《やみきん》から姿を眩《くら》ませた人間などを追い詰《つ》める能力の高さ一つとっても、帝人には想像もできない調査能力を持っていると感じられたからだ。

もっとも、今回の件については、粟楠会の組織力はノータッチで、折原臨也《おりはらいざや》によって赤林に売られた情報なのだが――帝人には、知る由《よし》もない事だった。

「そっか。話が早くていいねぇ。で、ちょっと君らを、おいちゃんのお友達の……『邪《ジャ》ン蛇《ジャ》カ邪《ジャ》ン』って人達に尾《び》行《こう》してもらってさ、んで、ここが解《わか》ったんだけど……いやあ、おいちゃん、来てみて驚《おどろ》いたよ。まさか、知り合いの運び屋さんが君とお友達だったなんてさ」

セルティの方をちらりと見た後、赤林は更《さら》に続ける。

「まあ、あれだよ。おいちゃんみたいな人間がここに来たって事が、どういう事かには、解ってくれてるかな？　くれてるよね？」

「ダラーズが……何か御《ご》迷《めい》惑《わく》を……？」

唾《つば》を飲み込んだ後、帝人は勇気を持って喉《のど》の奥から言葉を絞《しぼ》り出した。

――怖《こわ》い。

――こんな事を思うのもなんだけど……。

――矢《や》霧《ぎり》製薬の人達なんて、比べものにならない。

背中の震《ふる》えを隠《かく》しつつ、帝人は目の前の現実に立ち向かわんと、拳《こぶし》を強く握《にぎ》りしめる。

あの初集会での『ダラーズ』の力を見て以来――職業として裏《うら》の世界に身を置く人間が、いずれダラーズに絡《から》んでくる可能性は予測していた。

だが、帝人の中では、『なんとかなるかもしれない』という淡《あわ》い希望も確かにあった。

ダラーズは万能である、という思いは、あの初集会の夜、確かにあったのだ。

しかし、その幻想《げんそう》は、春に『To羅丸《とらまる》』に襲撃《しゅうげき》された時にひび割れ、つい先刻、目の前の男によって粉々に打ち砕《くだ》かれた。

最近の暴力団はインテリ方面に進み、見た目でそれと解《わか》る人間は減ったと聞いていた。

確かに、目の前の男も、顔の傷や服装を除けば、そこまで暴力的な印象は受けない。確かにサラリーマンとは程遠いが、音楽プロデューサーか何かだと言われれば納得《なっとく》してしまいそうだ。

それでも、先刻、彼が竜ヶ峰帝人《りゅうがみねみかど》という名前を口にした瞬間《しゅんかん》、少年の心の中に明確な『死の予感』が浮かび上がったのである。

——なんとか、なんとかしないと……。

——上納金を払《はら》えと言われるんだろうか。それとも、潰《つぶ》されるんだろうか。

——どっちも、絶対に回避《かいひ》しないと……。

セルティに間に立って貰《もら》う事も考えたが、セルティと粟楠会《あわくす》の関係もハッキリとは解らない以上、無理を言うわけにもいかない。

迷い続ける帝人《みかど》に、赤林《あかばやし》はのらりくらりとした調子で語り始める。

「いやあ……まあ、迷惑《めいわく》っていうかねぇ。同業者のオッチャン達はどうか知らないけど、少なくとも、おいちゃんはカタギに手を出す事は避《さ》けたいんだよ」

「……はい」

「何て言うのかな、漫画とか報道番組の煽《あお》りみたいな言い方すると、街の表と裏《うら》って言うのかい？　その境界線を見張るのが、おいちゃんの役目でねぇ」

「……はい」

『はい』としか答える事のできない帝人に、赤林は言葉を続けた。

「そこから、おいちゃん達の側にはみ出してきた連中は、基本的には、ひょいっと蹴《け》っ飛ばして表側に戻すんだけどさ、それでもあえてこっち側に来ちゃう人達は——味方として引きずり込むか、潰すかのどっちかになるわけさ」

そこで赤林はカツリ、と杖《つえ》を鳴らし、サングラス越しに帝人の目を睨《ね》め付ける。

「で、どっちがお望みだい？　潰されるか、それともおいちゃん達の味方になるのか」

「……」

しばしの間、静寂《せいじゃく》がビルの中を支配した。

長く感じる数十秒が過ぎ去った所で、帝人がゆっくりと、力強く言葉を紡《つむ》ぎ始める。

「第三の道は、考えられませんか」

「つまり、どっちも嫌《いや》って事だね？　まあいいさ。その第三の道を聞こうじゃないか」

最初に『こちらの提案を否定したな？』という釘《くぎ》を刺《さ》しつつ、赤林は敢《あ》えて帝人に言葉の続きを喋《しゃべ》らせる事にした。

「僕《ぼく》たちダラーズは、境界線の上を歩きます。街でちょっとした喧嘩《けんか》や集会ぐらいはするけれど、絶対に粟楠会の皆さんに迷惑はかけない……そんな道は、ありませんか？」

「だからこそ、もう少し、詳《くわ》しくお話できませんか。私達は、貴方達《あなた》の邪魔《じゃま》をするつもりはない。ただ……居場所が欲しいだけなんです」

「そいつはまた、随分《ずいぶん》と細い道だ。迷惑《めいわく》にも、いろんな形があるんだけどねぇ」

「居場所、ねぇ」

カツリ。

杖《つえ》の音を響《ひび》かせ、帝人《みかど》を試すように問う。

「君らの居場所なんて、表側にいくらでもあるだろう？　今の帝人君の目はねぇ、強い決意に満ちてるけど、そんなにカッコイイもんじゃあないよ？　おいちゃんから言わせりゃ、ギャンブルに足を突《つ》っ込んで堕《お》ちてく連中と一緒《いっしょ》の目さ。賭《か》け事を止《や》める。ただそれだけでいいのに、自分の居場所はこのスリルの中だとか言い始めて、最後にはみんなドボン、さ」

「……」

『そんな事はない』、とは、帝人自身にも言い切れなかった。

自分が、確実に危ない道を歩いているという自覚があったからだ。

だが、それでも、帝人には守りたいものがある。

かつて、初集会の夜に自分が目にした——理想の象徴ともいえる『ダラーズ』の幻想。

幻想に過ぎないと頭では解《わか》っていても、胸の奥に渦《うず》巻く激情までは止められない。だからこそ、帝人は、幻想を真実にしようと——赤林《あかばやし》が口にしたものとは別の意味の境界線上を歩もうとしていたのだ。

「だからこそ、賭《か》けに負けないアドバイスが欲しいんです」

「賭けをしない事さ」

そんな帝人に、赤林はピシャリと言い放つ。

「そもそも、綱渡《つなわた》りできる程、君が器用な人間には見えないけどねぇ。まあいいさ。ダラーズの事が少し解《わか》った。どうやら、本当に君一人を攫《さら》ったりした所で、ダラーズがなんかやらかしたのを止められるってわけじゃないらしい。だったら、勝手に目についた連中から潰していくまでさね」

廃材《はいざい》から立ち上がる赤林に、帝人は食い下がるように言う。

怖《おそ》れが消えたわけではないが、ここで何も言わずに引き下がる事は、帝人にとってもっと恐《おそ》ろしい事だったのだ。

「あ、あのッ！」

「ん？」

「た、例えば……粟楠会《あわくす》の人達が、何の理由もなく僕たちの仲間を殺そうとしてたら、それを助けるのも『迷惑を掛ける』事になりますか？　貴方達が麻薬《まやく》を売ってたとして、それを買わないように仲間を止めるのも、『迷惑を掛ける』事ですか？」

刹那《せつな》――赤林の顔から、表情が消えた。

「……うちの連中が、カタギの人間を何の理由もなく袋叩《ふくろだた》きにするってのかい？」

目を細める赤林《あかばやし》に怯《ひる》みつつも、帝人《みかど》は拳《こぶし》を更《さら》に強く握《にぎ》りしめ、言い放つ。

「でも……貴方《あなた》達は、ヤクザなんでしょう？」

『帝人！』

セルティがPDAに文字を打ち込むが、帝人の目は赤林を見据《みす》えているため気付かない。

暫《しば》しの間、睨《にら》み合う赤林と帝人。

最初に現れた時よりも遙《はる》かに強い赤林の威圧《いあつ》感を前に、帝人は、それでも目を逸《そ》らさない。

そして、次の瞬間《しゅんかん》、赤林が唐突《とうとつ》に顔を崩《くず》し、ヘラリとした笑いを浮かべ直した。

「はは。その通り。おいちゃんが言ったんだよねえ。おいちゃんの事をヤクザって呼んでいいって。こりゃ一本取られたかな。ああ、まあ、おいちゃん達はヤクザだからねえ」

杖《つえ》で自分の額《ひたい》をコツリと叩《たた》き、ヘラヘラと話を続ける。

「もしも街中でそんな袋叩きを見かけた時は、すぐに警察に通報しな。怪我《けが》もしなくて済む」

「え？　あ、は、はい」

「それに、安心するといいや。うちの組は薬屋じゃないし、もしも妙《みょう》な薬を配る連中が居たら……おいちゃんが、いの一番に潰《つぶ》すからさぁ」

最後の一言には、笑いながらも強い怒気《どき》が込められていたような気がした。

だが、帝人にはその理由も解《わか》らず、首を傾《かし》げる事しかできない。

赤林は終始無言を貫いた青葉《あおば》と帝人を見比べ、最後にセルティをチラリと見て口を開く。

「ま、今日《きょう》は警告みたいなもんだからさ。どうこうしろって五月蝿《うるさ》く言うつもりはないよ。ただ、おいちゃんみたいな人間の目が光り始めてる、って事だけ自覚して貰《もら》えりゃいいさ」

「……はい。お心遣《こころづか》い、感謝します」

「うんうん、謙虚《けんきょ》なのはいい事だよ。本当に、そのままダラーズからも身を引いてくれりゃ、みんながハッピーになるのにねえ。君がダラーズの顔役なんて知れたら御両親も嘆《なげ》くだろうし……それにほら、君と仲いい女の子がいるんだって？　名前はなんだっけか。あの、眼鏡《めがね》の女の子……」

「園原《そのはら》さんは関係ありません！」

気付けば、帝人は叫《さけ》んでいた。

今までで一番焦《あせ》った表情だが、次の瞬間には、しまったという表情に切り替わる。

「大事な人だってのが丸わかりだねえ？　顔芸ぐらいしなよ。やっぱり、君に綱渡《つなわた》りは難しいんじゃないかな？」

当然ながら、帝人は杏里《あんり》と赤林が旧知の仲だという事は知らない。この場で『園原』という名前と、彼女が自分にとって大事な人間だという事実を暴力団関係者に知られたことが、今日《きょう》の中で最大の失敗だと帝人は感じていた。

ぐうの音《ね》も出ない少年に、赤林は続ける。

「そもそも、おいちゃんが、何ヶ月も前からダラーズの一員だって知ってたかい？」

「⁉」

「内部も完全に把握《はあく》してない人間が、どうやっておいちゃん達に迷惑《めいわく》をかけてるだのかけてないだの解《わか》るってんだか。若いねぇ」

カラコロと笑いながら、階段へと近づいて行く赤林《あかばやし》。

「ま、首無しライダーさんには、また今度改めて色々と聞かせて貰《もら》うよ」

『解りました。でも、帝人《みかど》はそんな、赤林さん達を敵《てき》に回すようなバカじゃありません』

「だといいねぇ」

『私は、そう信じています』

セルティの返事を見た赤林は満足そうに頷《うなず》き、そのまま階段の手前でピタリと止まった。

「で、ここからは、ダラーズの一員としてのお願いなんだけどねぇ」

「？」

「おいちゃんのお友達がさ、ダラーズ絡《がら》みで困ってるっていうんだよ」

すると、彼は階段の方に顔を向け、一階に向かって呼びかけた。

「おーい。贄川《にえかわ》の旦那《だんな》ー。来ても大丈夫《だいじょうぶ》ですよー」

――ニエカワ？

その名前に反応したのは、セルティだった。

珍《めずら》しいその名前に、二人ほど心当たりがあったからだ。

数秒後、慌《あわ》てでカツカツと階段を上がってきたのは——やはり、彼女の知った顔だった。

「こ、この大人《おとな》しそうな子が？　本当に？」

男は帝人の顔を見て、自分の想像との違いに驚《おどろ》いているようだ。

「ああ、少なくとも、今のダラーズの中じゃリーダーに一番近い場所にいると思いますよ」

赤林が淡々《たんたん》と告げる横から、セルティが慌てて男にＰＤＡを差し出した。

『贄川さん！　「東京ウォリアーズ」の贄川さんですよね！　な、なんでここに⁉』

「って……あ、ああッ⁉　く、首無しライダー⁉」

『前に本名教えたじゃないですか！　セルティ・ストゥルルソンです！』

どうでもいい事にツッコミを入れつつ、セルティは贄川に詰《つ》め寄った。

『なんでここに⁉　赤林さんと知り合いなんですか⁉　あの、帝人君達の事を取材するなら、顔出しは待ってあげて下さい！　悲しむ人がいるんです！』

「ちち、違う違う、今日《きょう》は取材じゃなくて……」

妙《みょう》な言い合いになっているセルティと贄川を見て、帝人は更《さら》に混乱して問いかける。

「その人もセルティさんのお知り合いなんですか？」

『いやその、昔、静雄《しずお》絡みで取材を受けた事があるんだ』

説明するセルティのPDAを押しのけ、贄川《にえかわ》は父と子ほども離れている年齢《ねんれい》の少年に対し、頭を下げた。

「君がダラーズについて一番詳《くわ》しいっていうなら、頼む、ダラーズの中にいるっていう、家出したうちの娘《むすめ》を……春奈《はるな》を捜《さが》しちゃくれないか！」


男から放たれた言葉を聞き、セルティは、自分の気が遠くなるのを感じていた。

——春奈ちゃんって、あれだよね。罪歌《さいか》の。

——あの子が……ダラーズ？

次々と現れる知り合いに、過去の因縁《いんねん》まで積みあげられる。

自分の置かれた状況を整理しながら、彼女は、一刻も早く帰って新羅《しんら》と話したい、顔だけでも見たいという逃避《とうひ》願望に搦《から》め捕《と》られる。

——新羅、助けてくれ、新羅。

——私……もしかして、とんでもなく厄介《やっかい》な事に巻き込まれてるんじゃないか？

と、今さらながらに自分の立場を理解しつつ——

ダラーズの一員である首無しライダーは、心の中で大きな大きな溜息《ためいき》を吐《は》き出した。

♂♀

遊馬崎《ゆまさき》が自分の後をつける者の存在に気付いたのは、家も割と近くなり、周囲から人の気配が薄《うす》らいだ頃だった。

遊馬崎の住むアパートは、都心から大分離れている。

仕事の時は電車まで歩くし、門田《かどた》達と連《つる》んでいる日は、渡草《とぐさ》がバンで迎えに来るのが普通だったが――仕事もない、こんな深夜に一人で家路につくのは珍《めずら》しい事だった。

そんな自分の後をつけるものが誰なのか、遊馬崎は細い眼《め》を更《さら》に細くしながら考える。

――①吸血鬼《きゅうけつき》の美少女？

――②謎《なぞ》のモンスター？（その後、炎髪《えんぱつ》灼眼《しゃくがん》の美少女に助けられる）

――③異世界から助けを求めにやってきた女の子？

普段の彼ならば、その三つあたりを妄想《もうそう》して終わる事だろう。

だが、今の状況で彼が考えた可能性は、別の二つだった。

――④黄巾賊《こうきんぞく》がカラオケボックスから後を付けてきた？

深夜　都内某所《ぼうしょ》

――⑤門田《かどた》さんを撥《は》ねた犯人《はんにん》が自分の事も狙《ねら》っている?

いつもと違う可能性を考慮《こうりよ》し、彼は静かに帰宅ルートを変える。

24時間営業の立体駐車場《ちゆうしやじよう》の前に辿《たど》り着くと、彼は迷うことなくその中へと足を踏《ふ》み入れた。

夜間利用者の殆《ほとん》どが夜から朝まで止めっぱなしの為、深夜の人の出入りは殆《ほとん》ど無い上、管理人も不在の無人パーキングだ。

監視《かんし》カメラがある場所を選んだのは、無論、尾行者《びこう》の正体を確かめる為なのだが――もう一つの目的は、カメラのある場所ならば、相手も無茶な真似《まね》はしないだろうと考えたからだ。

ただし、正解が⑤だった場合には、自分の方は無茶を真似をするつもりだったのだが。


「……」

立体駐車場の二階中央に立ち、暫《しばら》く様子を見る遊馬崎《ゆまさき》。

最初は誰も来る様子はなく、自分の勘違《かんちが》いだったかと思いかけたのだが――

その数秒後、遊馬崎の耳に、カラ、ガララ、と、何かを引き摺《ず》る音が聞こえてきた。

金属とアスファルトが擦《こす》れる独特の音は、立体駐車場の一階からゆっくりと近づいて来て、やがて、スロープの角から一人の男が姿を現す。

「……?」

だが、遊馬崎は男を見て混乱してしまう。

まず、黄巾賊《こうきんぞく》には見えない。全く見覚えの無い人間なら⑤の可能性を考慮《こうりょ》するのだが——遊馬崎は、その男に見覚えがあるような気がしたのだ。

同時に、遊馬崎はガラガラという金属音の正体に気付く。

男は手に柄《え》の長い工事用ハンマーを持っており、カサの先端《せんたん》を引き摺《ず》る小学生のように、アスファルトに石の部分を滑《すべ》らせながら歩いていたのだ。

ハンマーを引き摺る謎《なぞ》の男。だが、向こうが完全に遊馬崎を視認《しにん》し、声を上げたところで、遊馬崎は相手の正体に思い当たる。

「久しぶりだぁ……随分《ずいぶん》と久しぶりだなぁ？　腐《くさ》れオタク野郎《やろう》がよぉ……なぁ？」

愉悦《ゆえつ》と憎《にく》しみが入り交じった声に、遊馬崎は驚《おどろ》きの声を上げた。

「……！　もしかして……泉井《いずみい》さんっすか⁉」


「……『泉井さん』か。『泉井さん』ねぇ？　『泉井さん』『泉井さん』『泉井さん』……」

遊馬崎に名前を呼ばれた泉井は、何度かその名を復唱し、口元を更《さら》に歪《ゆが》めつつ、言葉を返す。

「俺《おれ》の顔面と右腕《うで》を焼いた野郎《やろう》が、まだ俺の事を『さん』付けで呼んでくれるのかよ。嬉《うれ》しくて嬉しくてたまらねぇなぁ……オイ」

口とは裏腹《うらはら》に、彼の声の中には強い殺気が含まれていた。

遊馬崎は、そんな彼を暫くジロジロと眺《なが》めた後、真面目《まじめ》な顔で問いかける。

「一つ、最初に。最初に確認しておきたいっす」

「あぁ？」

「門田さんを撥ねたの、泉井さんっ、、、、、、、すか？」

「……へえ、そうかそうか、あの裏切《うらぎ》り者、轢《ひ》き逃げ喰らって入院してんだってなぁ」

心底嬉《うれ》しそうな顔をして笑う泉井《いずみい》に、遊馬崎《ゆまさき》は表情を変えぬまま、更《さら》に問う。

「泉井さん、でかい車を一台持ってたっすよね。あれで、門田さんを撥ねたんすか？」

半分断定しているかのような問い。

泉井は、かつてブルースクウェアを裏切ってチーム崩壊《ほうかい》のきっかけとなった門田《かどた》に対し、強い恨《うら》みを抱《いだ》いている。門田の轢き逃げが偶発《ぐうはつ》的なものではなく、最初から狙《ねら》ったものだとするなら、泉井がまず最初に疑うのは自然な事だろう。

しかし、遊馬崎の核心を突《つ》く問いに対し、泉井は顔から笑いを消し——

「俺《おれ》の車、だぁ……？」

こめかみを三回ひくつかせた後、なんの前触《ぶ》れもなく、手にしたハンマーを振り上げた。

「あの車は、手前《てめえ》が火炎瓶《かえんびん》で焼いて廃車《はいしゃ》にしやがったろうがぁぁぁぁあッ！」

それまで押さえ付けていた怒気《どき》を全《すべ》て解放し、叫《さけ》び声と同時にハンマーを思い切り遊馬崎に向けて投げ放った。

ブーメランのような勢いで迫るハンマーに、遊馬崎は「うわっと!?」と悲鳴を上げながら横に跳ぶ。

間一髪《かんいっぱつ》でハンマーは遊馬崎の横を通り抜けて行ったが、遊馬崎は体勢を崩《くず》してそのまま地面に転がる形となった。

「ハッ！　バカがッ！」

絶好のチャンスと、泉井が一気に距離を詰《つ》める。

いつの間にか、泉井の右手には硬質《こうしつ》ゴムの小型ハンマーが握《にぎ》られていた。

まずは動きを止めようとしたのか、転がる遊馬崎の頭を狙って爪先《つまさき》を叩《たた》き込む。

が、間一髪で遊馬崎が体を丸めるのが間に合い、泉井の爪先《つまさき》は遊馬崎の肩口《かたぐち》に吸い込まれた。

「うぐッ」

肩とはいえ、ほぼ全力の爪先蹴《げ》りである。当たり所が悪ければ脱臼《だっきゅう》していてもおかしくない程の勢いだった。

全身を駆《か》け巡《めぐ》る衝撃《しょうげき》に耐《た》えつつ、遊馬崎はなんとか体勢を立て直そうとするが——その前に、泉井が遊馬崎の横腹に足を置いて体重を掛けてきた。

起き上がれなくなった遊馬崎を見て、嗜虐《しぎゃく》的な笑みを浮かべる泉井。

そして、かつて、遊馬崎や門田が裏切る直前の光景を思い出し、似たような台詞《せりふ》を口にした。

「さて問題でぇす。俺が手前をぶち殺した後は、誰の頭を潰《つぶ》しにいくでしょうかぁ……っと」

言いながら上半身折り曲げ、遊馬崎を踏《ふ》みつけたままゆっくりとハンマーを持ち上げる。

「ヒントは簡単でぇす。……今、そいつは入院していています……って奴《やつ》だ！」

正解を聞かせるつもりなどないとばかりの勢いで、泉井《いずみい》は遊馬崎《ゆまさき》の頭めがけてハンマーを振り下ろそうとしたのだが——


一瞬《いっしゅん》早く、炎の塊《ほのおかたまり》が泉井の上半身に襲《おそ》いかかった。


「ひッ……うごぁぁぁッ⁉」

炎に対してトラウマがあるせいか、大仰《おおぎょう》に驚《おどろ》き、転がるように遊馬崎から離れる泉井。

自分の体に火が点《つ》いていないかを確認しつつ、充分な距離を取って叫《さけ》んだ。

「てめぇ……まぁた何か仕込んでやがるなぁぁッ！」

すると、遊馬崎はゆっくりと起き上がりながら、いつも通りの笑みを浮かべて見せた。

「いやいやいや、なんだか申し訳ないっすね、泉井さん。俺《おれ》、赤い服でもないのに炎系《ほのおけい》で」

彼の右手に握《にぎ》られていたのは、特殊な改造を施《ほどこ》したライターだ。

バット以下の射程に数回しか使えない、ほぼ奇襲《きしゅう》専用の自作火炎放射器《かえんほうしゃき》だが、泉井を引き剝《は》がし、警戒《けいかい》させるには充分だった。

「遊馬崎ぃ……」

「考えてみれば、泉井さんが犯人《はんにん》だったら、門田《かどた》さんを撥《は》ねた後、ほっぽらかしなんかにしな

いで、車に乗っけて掻《か》っ攫《さら》う筈《はず》っすよね」

「当たり前だ……そのまま山に埋《う》めに行くに決まってんだろうがぁ！」

泉井《いずみい》の恐《おそ》ろしい言葉を前に、遊馬崎《ゆまさき》は首を振りながら謝罪した。

「やー、すんません。疑った事は謝るっすけど、俺《おれ》の次に病院を襲《おそ》うっていうんじゃ、ここでやられるわけにはいかないっすよねぇ」

薄《うす》い目を僅《わず》かに大きく開き、手の中で改造ライターを弄《もてあそ》ぶ遊馬崎。

「面白《おもしろ》ぇ……ぶち殺した後、それで手前《てめえ》をまんべんなく焼いてやらぁ……」

目に殺意を通り越した狂気《きょうき》じみた光を宿らせかける泉井。そんな彼を見て、遊馬崎は即座に地面に置いていたリュックに手を伸《の》ばし、その中にある何かを手に取り、一歩距離を取った。

「あぁ？　さてはてめぇ、また火炎瓶《かえんびん》かぁ？　いいぜ、来いよ。そんなもんで俺をどうにかできると思ってんならなぁ？」

「そこは、最後に『まずはその幻想をぶち壊《こわ》す』って繋《つな》げて欲しいっすねぇ」

「あぁ？」

わけの解《わか》らない事を言う遊馬崎に、泉井は更《さら》に目の色を尖《とが》らせかけたのだが——

次の瞬間《しゅんかん》、泉井の携帯から着信メロディが鳴り響《ひび》く。

「？」

驚《おどろ》いたのは、遊馬崎の方だった。

着信メロディを聞いた泉井が、目から瞬間的にギラつきを消し去り、遊馬崎から更に一歩下がりつつその電話に出るではないか。

「……はい。お疲れ様です。はい……はい」

数秒前の彼からは想像できない調子の泉井に、遊馬崎は頭に疑問符《ふ》を浮かべて動きを止める。

「……解《わか》りました。すぐに伺《うかが》います」

――伺います⁉

およそ泉井に似合わない単語を聞き、口をポカンとあける遊馬崎。

そんな遊馬崎を尻目《しりめ》に、泉井は電話を切ると、忌々《いまいま》しげに口を開く。

「運が良かったな、オタク野郎《やろう》。……あと何日かは生かしておいてやる。手前も、門田《かどた》もな」

元の口調《くちよう》に戻った泉井は、遊馬崎に背を向けつつ、捨て台詞《ぜりふ》を吐《は》いて歩み出した。

「門田《かどた》や手前を恨《うら》んでる元ブルースクウェアの連中なんざ、掃《は》いて捨てる程にいるんだぜ……？

俺以外の奴《やつ》に殺されないように、せいぜい気を付けるんだな」

そして、舌打《したう》ちをしながら本当に立体駐車場《ちゆうしやじよう》を去る泉井。

遊馬崎は、投げ捨てられた長柄《ながえ》の方のハンマーを持ち上げつつ、むう、と唸《うな》りながら呟《つぶや》いた。

「俺以外の奴に殺されるなだのなんだのって……泉井さん、思ったよりも二次元キャラっぽい台詞《せりふ》が似合うんすね。台詞の割に雰囲気《ふんいき》が小物《こもの》っぽいのがアレっすけど。ちょっと評価を改める必要があるかもしれないっす」

独り言をぶつくさと呟《つぶや》きつつ、遊馬崎《ゆまさき》は、今の泉井《いずみい》とのやり取りで少し冷静さを取り戻している自分に気が付いた。

「今思うと、紀田《きだ》君達には本当に酷《ひど》い事を言っちゃったっすねえ。犯人を燃やしたら、あとでちゃんと謝らないと」

もっとも、門田《かどた》を轢《ひ》き逃げした犯人《はんにん》を許す気になったわけではないのだが。

「……ただ歩き回ってるだけじゃ効率が悪いし、今みたいに狙《ねら》われる可能性もあるっすね……」

「どこか、一端《いったん》身を隠《かく》す場所……。そう！　アジトを探す必要がありそうっす！」

♂♀

同時刻　杏里《あんり》の家

中々寝付く事ができず、杏里は一人、携帯を弄《いじ》っていた。

普段参加するチャットも、今は人の気配がない。

——何か、凄《すご》く嫌《いや》な予感がする……。

——何だろう。凄く、嫌な感じが……。

妙《みよう》な胸騒《むなさわ》ぎを覚え、彼女は少しでも町の情報が解《わか》らないかと、ダラーズの掲示板《けいじばん》のアドレスを打ち込んだ。そこはセルティから教えて貰《もら》ったコミュニティページで、簡単に表《おもて》には出せないような、コアな情報を交換する場だという。

門田の轢《ひ》き逃げについて、何か手がかりがあるのではないかと期待していたのだが、これといって有用な情報は見あたらない。

溜息《ためいき》を吐《つ》き、何か他《ほか》に情報はないかとページの隅々《すみずみ》まで目を通す。

すると、『最近の更新《こうしん》』と書かれた項の一番上に、『緊急事項《きんきゅう》：家出した娘《むすめ》の捜索《そうさく》求む』という文字が見えた。

どうやら、家出人を探すような事もダラーズの活動に入るらしい。

門田の件とは何も関係なさそうな一件だったが、杏里は、もしかしたら自分にも協力できる事があるかもしれないと思い、そのページを開いてみた。

「……えッ？」

思わず、部屋の中で声を漏《も》らす。

そこに書かれていた名前と、貼《は》り付けられていた写真。

彼女は、それを見た瞬間《しゅんかん》、自分の中に渦巻《うずま》く『正体不明の胸騒ぎ』と、人の愛を求める『罪歌《さいか》の声』が、同時に強まるのを感じ取った。

何故《なぜ》なら、そこに写っていたのは——

かつて杏里《あんり》と切り結び、最終的には杏里の『罪歌《さいか》』に再支配された少女だった。

贄川春奈《にえかわはるな》。

美しく長い黒髪《かみ》が特徴の、穏《おだ》やかな顔。

杏里はその少女が行方《ゆくえ》知れずになっていると知った瞬間《しゅんかん》、ぐるりと世界が回りかけた。

目眩《めまい》にも似た混乱を必死に抑《おさ》え込みつつ、彼女は、どうしようもない不安に襲《おそ》われる。

自分が、何かとてもおぞましい事に巻き込まれつつあるのではないかと。

そして、自分のせいで、大事な人達をも、その流れに巻き込んでしまうのではないかと。

♂♀

翌日　昼　郊外　廃《はい》ビル

『二人きりで話したいなんて、どうしたんだ』

帝人《みかど》にメールで呼び出されたセルティが、昨日《きのう》と同じ廃ビルの中で問いかけた。

昨日《きのう》とは違い、青葉《あおば》達の姿は周りには無く、本当に二人きりとなっている。

「ちょっと、色々とセルティさんには、今の僕《ぼく》の状況を知っておいて欲しくて……。ほら、昨日は、肝心《かんじん》の話の途中《とちゅう》で、あの人達が来てウヤムヤになっちゃったじゃないですか」

『そうか』

セルティとしても、すぐに彼と話さなければならないと思っていたので、その申し出を断る理由はなかった。

昼の廃ビルは夜と全く違う雰囲気《ふんいき》で、セルティは一瞬《いっしゅん》、本当に同じ場所かと首を傾《かし》げたぐらいだ。少年達が用意していた電池式ランタンも全《すべ》て消え、日光と影が混じり合い薄暗《うすぐら》い空間を創《つく》り上げている。

しかし、少年の顔は、昨日の夜と何の変わりもない。

恐《おそ》らく、顔自体はずっと前と同じだろう。少々の擦《す》り傷はあるものの、少し気の弱さを感じさせる童顔が、この短期間で特別大人《おとな》びたようにも見えない。

——でも、普段とは何か違う気がする。

——中身というか雰囲気というか……いや、逆に、初めて会った頃……。

——ダラーズの力で矢霧波江《やぎりなみえ》をワナにかけると言いだした時の帝人《みかど》に似てるかもしれない。

一年以上前の事を思い出しつつ、セルティは自分から世間話を切り出す事にした。

『いつ以来かな。君とこうやって二人っきりで話すのは』

「本当に、セルティさんと話してると不思議な気分になります。なんていうか、夢の中にいるみたいっていうか、自分が、まるで映画の主人公になったみたいな気になります」

『それで、現実と虚構《きょこう》の区別がつかなくなってるんじゃないだろうね？』

「……何が言いたいんですか？」

困ったように笑う帝人《みかど》に、セルティは淡々《たんたん》と文字を打ち込んだ。

『杏里《あんり》ちゃん、こないだ会った時に君の事を話していたよ』

「園原《そのはら》さんが？」

『なんだか最近、不思議なぐらい帝人が明るくなった、って』

彼女が心配している、という事は話さず、遠回しに杏里の話題を持ち出すセルティ。

帝人は「そうかなぁ」と首を傾《かし》げた後、少し考え、微笑《ほほえ》んだ。

「そっか……確かに、そうかもしれません」

『何かいい事があったのか？』

「いい事かどうかは解《わか》りませんけど……なんていうか、今、生きてて楽しいんです」

『？　楽しいって、具体的に？』

妙《みょう》に前向きな事を言い出す帝人に、セルティはヘルメットを僅《わず》かに傾《かし》げた。

「目的があるっていうか、自分のやりたい事を見つけたっていうか……今までは、なんだか周りに流されるだけだったと思うんです。でも、それじゃいけないなって……」

『なるほどね』

それだけを聞くならば、引っ込み思案だった少年が夢を見つけて前向きになっただけと受け取る事もできるのだが——様々な人間を見て来ているセルティにとっては、インチキマルチ商法に騙《だま》されている者の言葉とも受け取れる。

『それで、見つけた「やりたい事」っていうのは、ダラーズの内部粛清《しゅくせい》か？』

「……どこまで知ってるんですか？　やだなあ、セルティさん、昨日《きのう》は『僕の口から聞きたい』って言っておきながら、結局先に言っちゃったじゃないですか」

困ったような笑顔は崩《くず》さないまま、帝人は、廃《はい》ビルの窓の方に歩き出す。

「ああ、でも、内部粛清なんて大袈裟《げさ》な事じゃないですよ。ダラーズを、前と同じように戻したい。僕《ぼく》がやりたいのは、それだけなんですから」

窓硝子《ガラス》は疎《おろ》か、サッシすら嵌《はま》っていないただの穴の淵《ふち》に手をかけ、遠くの空を見ながらセルティの答えを待つ。

そんな彼を追ってセルティも横に並び、日光を浴びながら帝人にPDAを差し出した。

『私も町の噂《うわさ》で聞いたぐらいだけどね。まあ、みんなの噂になってるぐらいだからこそ、赤林《あかばやし》さんが出てきたんだろう』

「本職の人って……やっぱり怖《こわ》いんですね」

『言っておくが、あの人は粟楠《あわくす》会の中でも一番話が通じる人だぞ？　青崎《あおざき》さんとかだったら、あの場で全員袋叩《ふくろだた》きにあってもおかしくないっていうか、下手《へた》したら帝人は今頃、どこか遠くの、倒産した筈《はず》の会社の溶鉱炉《ようこうろ》の中で溶《と》けた鉄と混ぜられてたかもしれない』

「い、今って、そういう風に死体処理するんですか……。確かにそれだと、死体出てきそうにないですけど」

セルティの話に怯《おび》えたのか、口元をひくつかせる帝人《みかど》。

『まあ、警察が調べれば、できた鉄とかの中に残った異物とか解《わか》るらしいけどね』

「やめてくださいよ、そういう話、今の僕《ぼく》には洒落《しゃれ》にならないですってば」

そんな事を言う帝人の表情を見ていると、普段と同じ、ただの高校生にしか見えない。

セルティは、そんな帝人の表情を信じてみたくもなるのだが、赤林《あかばやし》が関わり始めている以上、なあなあで済ませるわけにはいかぬと、彼をダラーズから遠ざけられないか試みる。

『落ち着いて考えろ。脅《おど》しじゃなく、本当にそうなってもおかしくない所に立ってるんだぞ、今の帝人は』

「……解ってます」

『本当に解ってるのか？　そこまでして、ダラーズを昔に戻したいのか？　確かに最近はダラーズも変わってきたが、昔からカツアゲとかする連中は多かれ少なかれ居たんだ。お前は、ただ、ダラーズを自分にとって都合がいいチームにしたいだけなんじゃないのか？』

「ダラーズが平和になる事が、僕にとって都合の良いことなら……そうなんでしょうね」

淡々《たんたん》と答える帝人。

その答えに迷いはなく、セルティは少し戸惑《とまど》った。

『帝人、厄介《やっかい》な連中を暴力で追い出した所で何になる？　どうせダラーズから離れても、少しコソコソしながら同じ事をやるだけだ。暴力じゃ何も解決はしないぞ』

「……静雄《しずお》さんは、暴力で色んな事を解決してくれたじゃないですか」

『本人にそんなこと言ったら、殺されるぞ』

「でも、事実ですよね？」

ハッキリと言い切る帝人に、ゾクリ、と、軽い寒気《さむけ》を感じるセルティ。

「セルティさん。僕は、自分が完全に正しい事をしてるなんて思いません。……そもそも、ダラーズを作った事自体、世間的には正しい事じゃないでしょう？」

『まあ、それについては、私も警察に睨《にら》まれてる身だからどうこう言えない』

白バイの事を思い出し、身を震《ふる》わせかけるセルティ。だが、逆に怯《ひる》まされてどうすると気を取り直し、帝人に対して文字を紡《つむ》ぎ続ける。

『私が社会に対して一切後ろ暗い事なく、真《ま》っ当《とう》に生きてる【人間】だったなら、恐《おそ》らく君を殴《なぐ》ってでもダラーズを辞《や》めさせていたかもしれない。だが、私は人間ですらないし、君よりもずっと深い所で街の裏側《うらがわ》と関わってる』

「……」

『それでも、私は、新羅《しんら》との幸せな生活に憧《あこが》れてる。身勝手な話さ。だから、君を無理矢理《むりやり》止める権利なんて私には無い。だが、君より年上の生き物として、忠告はしておきたいんだ』

少し悲しげに肩《かた》を落とした後、セルティは帝人《みかど》の顔に意識を向け、つらつらと文字を打つ。

『大体、その顔の傷はなんだ？　どうせ、一度ダラーズから追い払《はら》った連中に報復でもされたんだろう。そんな事を続けたら、顔の傷ぐらいじゃ済まなくなるんだぞ？』

「……これは、報復でやられたわけじゃないですよ」

『え？』

問い返したセルティに、帝人は、やはり淡々《たんたん》と答えを返し続けた。

「ダラーズから出て行って貰《もら》う時、話を聞いてくれなかったら、あとはどうしても喧嘩《けんか》になっちゃいますからね……。でも、僕《ぼく》、喧嘩は全然強くないから……」

『ちょっと待て。まさか、君が直接喧嘩をしているのか？』

「？　当たり前じゃないですか」

『当たり前って……。私はてっきり、あの、青葉《あおば》とそのツレの連中に命令してやらせてるんだとばかり……』

「青葉君達の事は、確かに僕の指示で動いてくれてますけど……。【ダラーズには上も下もない】。それが僕の理想なんですから、僕が始めた事なのに、大事な仲間にだけ危ない目に遭《あ》わせるなんて、おかしいじゃないですか」

『セルティさんたら、変な事を聞くんだなあ』とでも言うような笑顔で答える帝人。

そんな彼の表情を見て、更《さら》にセルティの寒気《さむけ》が強くなる。

――帝人君、どうしたんだ？　何があったんだ？

ＧＷの事件の際に帝人の身に降りかかったいくつもの事象。それを知らないセルティは、二人きりで話す事によって、やっと少年の変化に気付き始めた。

――確かに、なにかマズい。帝人君が何かおかしいってのは解《わか》る。

――こりゃ、杏里《あんり》ちゃんが心配するのも当然だな。

暫《しば》し迷った挙げ句、セルティは一つの賭《か》けに出る事にした。

『これは、言おうかどうか迷っていたんだが』

「？」

『今週ぐらいから……黄巾賊《こうきんぞく》が再結成したって噂《うわさ》が出てるのは知ってるか？』

ダラーズにとって、黄巾賊は以前抗争《こうそう》した事がある相手だ。

しかし、帝人にとってはもっと特別な意味があるチームである筈《はず》だ。

「……噂は、聞いてますよ。元チームメンバーに勧誘かけてるらしいですね」

少し言葉を濁《にご》した帝人は、廃《はい》ビルの窓から上半身を乗り出し、気持ちよさそうに風を浴びる。

その行動を何かの誤魔化《ごまか》しだと見たセルティは、構わず話を続ける。

『半年前の時はウヤムヤになったが、もう、気付いてはいるんだろう？』

「……」

『黄巾賊《こうきんぞく》と、正臣《まさおみ》君の事をだ』

ハッキリと問うセルティに、帝人《みかど》は、笑いながら哀願する。

「セルティさん。それは、気付いてないって事にして下さい」

『なんだと？』

「その事と、僕《ぼく》がダラーズの創始者だという事。あと、園原《そのはら》さんが抱《かか》えてる秘密……セルティさんは全部知ってるんでしょうけど、僕と園原さんは、約束してるんです。その事について話すのは、三人がまた揃《そろ》った時だって」

『……そうは言っても、もし、黄巾賊がダラーズを攻《せ》めてきたらどうするんだ？』

純粋に、帝人がどうするのか知りたかったセルティは、敢《あ》えてその問いまで踏《ふ》み込んだ。

そして、少年の口から紡《つむ》がれた答えは――

「もちろん、戦いますよ？」

あまりにもあっさりと答えた帝人に、セルティは何かの間違いだろうと文字を打つ。

『何を言っているんだ？　正気か？』

しかし、帝人の答えは、セルティの望む物とは遠くかけ離れたものだった。

竜ケ峰《りゅうがみね》帝人は、笑いながら――

いつも通りの幼い笑みを浮かべながら、ハッキリと次の様に言い切った。

「現に今、青葉《あおば》君達に、黄巾賊を襲撃しに行ってもらってるんです」

♂♀

都内某所《ぼうしょ》　路地裏《ろじうら》

「畜生《ちくしょう》、まさか、もう出てくるとはなぁ」

息を荒げながら、一人の少年がフェンスを背にして呟《つぶや》いた。

少年の腕《うで》には黄色いスカーフが巻かれており、どうやら黄巾賊のメンバーだと思われる。

「まさか、昼間っから堂々と勧誘してるとはな」

追《つ》い詰めているのは、三人の少年達。昨日《きのう》の夜、帝人と同じビルにいた顔だ。

ブルースクウエアのバンダナや目出《めだ》し帽《ぼう》を被《かぶ》り、日中の都内では目立つ事この上ないが——

路地の入口では、一台の黒いバンが止まり、一般人から路地内の様子を隠していた。

そのバンの中から双眼鏡《そうがんきょう》を覗《のぞ》き、青葉《あおば》が楽しそうに呟《つぶや》いた。

「さて、あいつはどのぐらい紀田《きだ》正臣《まさおみ》に忠誠《ちゅうせい》を誓《ちか》ってるのかな」

「痛めつけて吐《は》かせるなら、後つけた方が早いんじゃねえか？」

運転席にいる年上の男の言葉に、青葉《あおば》はタメ口で言い返す。

「吐かなければ吐かないでいいさ。これは宣戦布告《せんせんふこく》なんだから、見せしめになればいい」

「ていうか、お前、四つも年上の俺《おれ》らにはタメ口なのに、竜ケ峰《りゅうがみね》には敬語なのな」

不満げに言うソフトモヒカンの運転手に、青葉は笑いながら答えた。

「当たり前だろ？　帝人先輩《みかどせんぱい》は、敬意を表す価値のある人なんだぜ？」

二十歳《はたち》前後の青年に対して偉《えら》そうに振る舞う青葉は、心中《しんちゅう》で帝人の言葉を思い出す。


――「一日も早く、先輩が堂々と門田《かどた》さんにお見舞いできる日が来るといいですね。園原《そのはら》先輩や、紀田《きだ》先輩と一緒《いっしょ》に」

そう言った時、帝人は次のように返した。

――「そうだね、それにしても……ある意味、本当に良かったよ」

――「良かった？」

訝《いぶか》しげに問う青葉に、帝人は、普段学校で見せているものと同じ笑みで答えたのだ。

――「だって、門田さんが僕《ぼく》のやろうとしてる事を知ったら、絶対止めようとするだろうし……。僕は、門田さんとは喧嘩《けんか》したくないからね。勝てる気がしないし」

爽《さわ》やかに言った後、更《さら》に彼は続けたのだ。

——「それに、これで門田さんは関わらなくて済むんだからね。……これから、ダラーズを一度粉々《こなごな》に砕《くだ》く流れにさ」

「あの人は、ダラーズを壊《こわ》すだけ壊して再構築するつもりだ。最後には、俺達ブルースクウェアすら生贄《いけにえ》に捧《ささ》げる気なんだろうね」

青葉が笑い、運転席の男は驚《おどろ》いて目を丸くする。

「おいおい、それじゃヤバイじゃねえかよ！　なんでそんな奴《やつ》の言いなりに⁉」

「落ち着けよ。俺の目的は、その仮定で、ダラーズの内部を丸裸《はだか》にする事さ。あの気取った情報屋を表《おもて》舞台に引きずり出して……粟楠《あわくす》会への生贄にしてやれれば最高だけどね」

「今ひとつ、何を言ってるのか解《わか》らねえ」

首を傾《かし》げる運転手。青葉は双眼鏡《そうがんきょう》を覗《のぞ》いたまま、楽しそうに言いはなった。

「帝人先輩は、俺達が泳ぐ海を想像以上に広げてくれそうだ、って事さ」

♂♀

廃《はい》ビル

『お前は何を言ってるんだ⁉　しっかりしろ！　しっかりしろ！』

「やだなあ、セルティさん、僕《ぼく》は正気ですよ」

笑う帝人《みかど》の胸ぐらを掴《つか》み上げ、セルティは更《さら》に問う。

『おかしいだろ！　なんだ、前みたいに、黄巾賊《こうきんぞく》が悪い連中に操《あやつ》られてると思ってるのか！　どう考えても、それは今の帝人の方だぞ⁉　青葉《あおば》君がそんなに信用できる人間だと思ってるのか⁉』

思わず青葉についての本音を書き込んでしまったセルティだが、帝人はそんなことは承知の上だという調子で、全く動じず口を開いた。

「信用とかそういう問題じゃないですよ。青葉君が僕を利用する見返りに、僕も青葉君を利用する。それだけです」

『帝人！』

「セルティさんは、僕と正臣《まさおみ》と園原《そのはら》さん、それぞれの事は知ってるけど、三人の間にあるものまでは、解《わか》らないでしょう？」

『中二病《ちゅうにびょう》っぽい事を言って誤魔化《ごまか》すな！』

——違う。

——誤魔化してるのは、私の方だ。

確かに、自分には三人の間にどのような絆《きずな》があるのか解らない。

互《たが》いに秘密を抱《かか》える少年少女の気持ちなど解らない。

セルティはそうした自分にとって不利な面を押し隠《かく》しながら、尚《なお》も何か帝人に語りかけようとしたのだが――

帝人の、あまりにもいつも通りの笑顔が、セルティの心を固まらせる。正臣が帝人に再会した時、その顔を見て凍《こお》り付いたのと同じように。

「僕と正臣の間の糸は、もう、お互い解きほぐせない程に絡《から》まってると思うんです」

笑顔。

屈託《くったく》無く、『このアイスクリーム、美味《おい》しいね！』とでも言うような笑顔で、帝人はセルティに言い放った。

「だったら、全部糸を燃やして、最初からやり直すしかないじゃないですか」

『帝人……』

もう、何を言っても通じないのではないか？

そんな想《おも》いに囚《とら》われつつあるセルティに対し、帝人は申し訳なさそうに頭を下げる。

「青葉君がセルティさんに何をさせようとしてるのか解りませんけれど、協力してくれなんて言う資格がないのは解ってます」

「ただ……せめて、僕達のやることを、黙《だま》って見過ごしてくれると助かります」

♂♀

都内某所《ぼうしょ》　路地裏《ろじうら》

「さて、どうすんだ？　大人《おとな》しく一緒《いっしょ》にくりゃ、大した怪我《けが》はしなくて済むかもしれないぜ」

黄巾賊《こうきんぞく》の少年を追い詰《つ》めた三人の少年達は、強気で一歩詰《つ》め寄ったのだが——

「本当に、なんでもう出てくるんだよ、お前ら」

追い詰められた少年は、さして緊迫《きんぱく》した様子もなく、そんな事を呟《つぶや》いた。

「ああ？」

訝《いぶか》しむ少年達に、黄巾賊のメンバーが告げる。

「ショーグンの読み通りじゃねえかよ。『絶対無駄足《むだあし》だ』って言った俺《おれ》の立場ねえじゃんよ」

「何……？」

黄巾賊の言葉の意味を理解するよりも前に——

路地の物陰から、黄色い装飾具を身につけた数人の少年達が現れる。

「なッ……」

自分達の背後をとるように現れた黄巾賊を目にし、三人組の顔が一気に青ざめた。同時に、フェンスの裏からよじ登る形で更《さら》に黄巾賊の少年が増え、結果、八人ものメンバーで路地裏の三人と相対《あいたい》する形となった。

「まずいな」

路地の入口に止めたバンの中で、双眼鏡《そうがんきょう》を覗《のぞ》いていた青葉《あおば》が呟《つぶや》いた。

「どうする、逃げるか？」

「いや、動かさない方がいい。俺達の事にも気付いてるとしたら、下手《へた》に動いたらパンクさせられるかもよ？」

青葉は真剣な表情でそう呟き、次の瞬間《しゅんかん》、ニイ、と鋭《するど》い笑みを顔面に貼《は》り付けた。

「流石《さすが》だね。折原臨也《おりはらいざや》仕込みなら、このぐらいの事はやるか」

そして、自分の横でシートを倒し、熟睡《じゅくすい》している少年を揺り起こす。

「宝城《ほうじょう》、起きろよ、宝城！」

「……うぁ？　あと5時間……」

寝ぼけ眼《まなこ》で呟いたのは、相当な巨漢《きょかん》と思《おぼ》しき少年だった。

後部座席を軋《きし》ませるプロレスラーのような体格で、全身に纏《まと》う筋肉《きんにく》の厚みは、青葉と比べると倍以上違う。黒い長髪《ちょうはつ》を後ろで束《たば》ねており、若いながらも古風な雰囲気《ふんいき》だ。鎧武者《よろいむしゃ》の中身と言われても納得《なっとく》できそうなその少年の頬《ほお》をペチパチと叩《たた》きながら、青葉は叫《さけ》ぶ。

「そこは5分って言えよ！　緊急事態《きんきゅう》だ。相手は八人！　時間かけると追加が来そうだから、とりあえず目的は逃走！　ＯＫ？」

「……ったく、なんで俺《おれ》なんだよ。ヨシキリとかネコ連れてこいよ」

宝城《ほうじょう》と呼ばれた少年は、ゆっくりと目を開き、首をゴキリと鳴らしながら身を起こす。

「お前がいつの間にか車ん中で寝てたんだろ？　さあ、働いた働いた」

言いながら扉《とびら》を開け、巨漢《きょかん》の腕《うで》を引っ張る青葉《あおば》。

うつらうつらとしながらも、それに釣《つ》られて出た少年は、空を仰《あお》ぎながらバキバキと全身の骨を鳴らし、路地裏《ろじうら》で囲まれている仲間達に目を向けた。

「ったく、うちは代々寝不足の家系だってのによお……。マジで青葉、人使い荒いわ」

「何言ってんだか。寝る事の次に喧嘩《けんか》が楽しいって性格の癖《くせ》してさ」

苦笑しながら、青葉も路地裏に目を向け――楽しそうに口を開く。

「ま、喧嘩が一番ってのがゴロゴロしてるブルースクウェアの中じゃ、宝城の頭はまともな方かもしれないけどな」

俺《ら》

♂♀

5分後　カラオケボックス

「ああ、逃げられたか。いいよいいよ。伏兵《ふくへい》がいたんじゃ、しゃーねーわ」

仲間からの電話報告に、正臣《まさおみ》は軽い調子で言葉を返す。

「それより、こっちは怪我《けが》人は？　うん。……うん、うん。ああ。そうか、無理しないよう言っといてくれよ」

相手を気遣《づか》う言葉を告げた後、電話を切る正臣。

と、それを待っていたかのように、横に居た谷田部《やたべ》が問いかける。

「やっぱり来たんっすね……。黒沼《くろぬま》って奴《やつ》の独断っすかね？」

「いや……帝人《みかど》の指示かもな」

正臣の答えに、驚《おどろ》きの顔を見せる谷田部。

「え!?　あ、でもそれって、ショーグンが俺らの頭だって知らないからですよね？」

「知ってても、潰《つぶ》しに来るかもな。あの様子じゃ」

「ええッ？」

「こっちも帝人の事を知っててダラーズを潰しに行ってんだから、お互《たが》い様さ」

椅子《いす》に寄りかかって天井《てんじょう》を仰ぎながら、先日の帝人の笑顔を思い出す正臣。

そして、自らは笑みを消し、心中《しんちゅう》で己《おのれ》の決意を呟《つぶや》いた。

——待ってろよ帝人《みかど》。

——お前がもう自力で戻れないとこまで深みに嵌《はま》っちまってるってんならよ。

——俺《おれ》も、外道《げどう》にでもなんでもなって、同じぐらいの深みまで追っかけてやるからよ。

帝人とブルースクウェアだけではない。

ダラーズ全《すべ》てを相手取る事まで考え、正臣《まさおみ》は静かにプランを練る。

そして、忌々《いまいま》しげに目を細めながら、一人の男を思い浮かべた。

——例え、最悪の奴《折原臨也》の手を借りる事になってもな。

——ま、もしも今回のゴタゴタの裏《うら》にいるのが奴《やつ》なら、絶対に潰《つぶ》してやるけどな。

♂♀

都内某所《ぼうしょ》　高級ホテル　地下駐車場《ちゆうしやじよう》

「そういえば、折原臨也《おりはらいざや》君の行方《ゆくえ》はまだ解《わか》らないのかね？」

池袋《いけぶくろ》からは何駅か離れた街にある、某《ぼう》高級ホテル。

その地下駐車場の中を歩きながら呟《つぶや》く老人に対し、横に立つ若い女——鯨木《くじらぎ》が頭を下げる。

「申し訳御座《ござ》いません社長。我々が昨日矢霧波江《さくじつやぎりなみえ》と接触《せっしょく》した後、折原臨也は完全に行方を眩《くら》ませています」

「ふむ……まあ、それは良いとしよう。いくつかの網《あみ》に引っかかるだろう。それに、四十万君をそろそろ動かす時期だろうからねえ。それよりも、ここの料理はまさに舌鼓《したつづみ》を打つと言うに相応《ふさわ》しい味だったねえ」

さして折原臨也には興味もないといった雰囲気《ふんいき》で、コロリと話題を変える老人。

彼――澱切陣内《よどぎりじんない》は、ホテル内の高級レストランで食べたフルコースを思い出し、幸せそうに微笑《ほほえ》んだ。

「やはり、自由というものは良いねえ。粟楠会《あわくす》から狙《ねら》われる事もなく、堂々とああした店に出入りできるのだから」

「仰《おっしゃ》る通りです。社長」

「うむ。だが、本当に自由を満喫《まんきつ》する為には、やはりその前に不自由を味わう事は大切だよ君。不自由を経験していなくては、自由のありがたみという物が解らないからねえ」

「俊逸《しゅんいつ》な御言葉です。社長」

機械のように頷《うなず》く秘書に、澱切は尚《なお》も自由の素晴《すば》らしさを説こうとしたのだが――

スーツの裏ポケットに入れていた携帯電話が震《ふる》え、澱切の言葉を遮《さえぎ》った。

「おや？　鯨木君ではなく、私の電話が鳴るとは珍《めずら》しい」

不思議そうに呟《つぶや》き、電話を取る澱切《よどぎり》。

すると、そこから聞こえてきたのは、今しがた話題から消え去った青年の声だった。

『やあ、お久しぶりですね。澱切陣内《じんない》さん』

「……？　君は？」

『おっと、以前私を刺したのは、、、貴方とは別の澱切さんでしたか？　じゃあ、改めて自己紹介《しょうかい》をしましょう。池袋《いけぶくろ》でケチな情報屋をやってる、折原臨也《おりはらいざや》と申します。ＯＫ？』

「おやおや、これはこれは！　今丁度《ちょうど》、君の話をしていた所だよ！　しかし、よくこの番号を手に入れたものですねぇ？」

立ち止まり、粘《ねば》ついた笑みを浮かべながら臨也に問う澱切。

『まあ、私も職業柄《がら》、その程度は手に入れられないとやってられないんですよ』

「で、御用件は？」

『ああ、これは失礼しました。前置きが長くなるのは私の悪い癖《くせ》ですね。では単刀直入《たんとうちょくにゅう》に』

そこで一端間《いったん》を空け、淡々《たんたん》とした調子で臨也が話を切り出した。

『矢霧波江《やぎりなみえ》さんは、今、どこです？』

「……はてさて？　なんの事やら」

『矢霧製薬の方面から調べてもアタリが出なかったんで、貴方《あなた》の所にお邪魔《じゃま》してるのかなと想《おも》いましてね』

「これは困りましたね？　仮にそうだとして、貴方に教える義務があるのでしょうか？」

ニコニコとしながら、慇懃無礼《いんぎんぶれい》に返す澱切。

『うーん。無いんですよねえ。まったく困った国ですよ日本《にほん》は。私に情報を教える義務がないだなんて。じゃあ、まあお願いという形になるんですけれど……』

茶化《ちゃか》すように答えた電話の声は、同じ調子のまま言葉を続けた。

『じゃあ、あれです教える気がないなら、暫《しばら》く、寝ていてくれませんかね』

「はい？」

『大人《おとな》は大人らしく、子供の喧嘩《けんか》にはしゃしゃり出てこないで下さい。怪我《けが》しますからね』

「それはどういう……」

言いかけた所で、老人の体を衝撃《しょうげき》が襲《おそ》い——

何が起こったのかも解《わか》らぬまま、澱切陣内はあっさりと意識を失った。


「……」

その光景を真横で見ていた鯨木《くじらぎ》は、無言のままだった。

電話している最中、地下駐車場《ちゅうしゃじょう》のスロープの上方からやってきたと思《おぼ》しき車が、澱切の体を跳《は》ね飛ばしたのである。

エンジン音がしなかったのは、恐《おそ》らくエンジンを切った車のギアをニュートラルにして、坂を下る勢いだけで進んできたのだろうと推測できた。

ライトもつけず、エンジン音もなく迫る車。

電話に夢中だった澱切《よどぎり》が気付かないのは無理もないが、鯨木《くじらぎ》は直前にその車の接近に気付いている。

危険を冒《おか》して飛びつけば助けられる可能性のあるタイミングだったが、鯨木は何もせず、ただその凶事《きょうじ》を傍観《ぼうかん》するだけだった。

「……」

次の瞬間《しゅんかん》、車にエンジンがかかり、倒れる澱切を無視して、スロープの上へと走り去っていった。鯨木の目に一瞬《いっしゅん》だけ映った運転手は、どこかのチンピラといった風体《ふうてい》だったが──その目が充血し、白目の部分が全て赤く染まっている事が特徴的だった。

それを見てもやはり無言のまま、彼女は携帯電話を取りだし、どこかに電話をかけ始めた。

『はい、もしもし、どうしたんだね、鯨木君』

電話にでたのは、目の前に倒れる老人と似たような声だった。

「澱切社長、八番が負傷しました。五番の貴方《あなた》に代行を願います」

『負傷？　一体何が──　──　──』

そこで、電話の声が唐突《とうとつ》に途切《とぎ》れた。

通話が終わる一瞬前に、車のエンジン音が響《ひび》き──つい先刻、目の前で聞いたものと良く似た衝突音《しょうとつおん》が鳴り響《ひび》いた事を確認する鯨木。

「……」

それでも無表情を崩《くず》さず、何度か別の番号に電話するが——それ以降の番号については、最初から相手と繋《つな》がる事すらなかった。

目の前では老人が無意識のまま呻《うめ》いているが、救急車を呼ぼうともせず、鯨木は淡々《たんたん》と電話を掛け続ける。

暫《しばら》くすると、逆に、鯨木の携帯に対して着信があった。

見た事の無い携帯番号。

彼女は即座に通話ボタンを押し、携帯電話をゆっくりと耳にあてた。

『やあ、鯨木さん。俺《おれ》が誰か解《わか》ります？』

「折原臨也様《おりはらいざや》ですね」

あくまで秘書のように受け答えする鯨木に、臨也はクツクツと笑いながら語り始める。

『君の上司は波江《なみえ》さんの居場所を教えてくれないみたいだけど、君なら教えてくれるんじゃないかなと思ってね』

「大変申し訳ありませんが、私一人の判断ではお答えしかねます」

足元に重傷の老人が転がっている事を感じさせない受け答えだが、臨也も調子を崩さずに言葉を続けた。

『それはないでしょう？　貴女《あなた》一人の判断が、何よりも優先される筈《はず》なんですから。だからこそ、私はこうして、あなたの懸命《けんめい》な判断を期待しているんですよ？』

『澱切陣内という、、、、、『集団』の、、、、、、リーダーである、、、、、、貴女の判断をね』

♂♀

池袋《いけぶくろ》某所《ぼうしょ》　賃貸《ちんたい》ビル屋上

『どなたから、その話を？』

自分という存在の核心に触《ふ》れられたというのに、鯨木《くじらぎ》はやはり無表情のまま言葉を続ける。

対する臨也《いざや》は、楽しそうな笑顔で声を響《ひび》かせた。

「誰から、ってわけじゃありませんよ。色々と状況を調べたら、そうとしか思えなくなったってだけです。そもそも、鯨木って戸籍《こせき》は存在しましたけど、あなたの本名じゃありませんよね？戸籍は実在しましたけど、多分、本物を殺してなりすましたとかじゃないかな？」

『殺して奪《うば》ったわけではありません。本人も同意した取引です。本物の彼女は、今頃東南アジアで彼女なりの新しい人生を送っているでしょう。幸せかどうかは彼女次第ですが』

「正直ですね。半分推測混じりの話だったのに。ま、とにかく貴女の本当の名前も解《わか》らない状態でしてね……。だから、まずは貴女の周りを丸裸《はだか》にしようと思って、哀《あわ》れな囮《デコイ》のお爺《じい》さん達に退場してもらったんですよ」

『哀れむ必要はありません。彼らは、彼らの意思で利益を得る事を選んだ身ですし、自分達の判断でそれなりの悪事も働いています。社会的には充分に自業自得《じごうじとく》と判断されるでしょう』

機械のように答え続ける鯨木の声を聞き、臨也は僅《わず》かに肩《かた》を竦《すく》めた。

彼は現在、スローンと共に身を隠《かく》している身である。

子飼《こが》いの『屍《ドラゴン》龍《ゾンビ》』を複数のチームに分けて移動させ、捜索《そうさく》者への目眩《めくら》ましとしながら自分達は完全に別行動を取って姿を眩ませていたのだ。

臨也はそれでも油断する事なく、周囲のビルの屋上などに目を配りながら会話を続ける。

「冷たいんだね。せっかく美人なんだから、もっと感情豊かな方がいいよ？　ていうか、澱切《よどぎり》陣内《じんない》がその手のブローカーとして活動してたのって、20年以上前かららしいけど……超ぶっちゃけた話、鯨木さんって歳《とし》いくつなの？」

『女性に年齢《ねんれい》の話をするのは無礼というのが、社会的な認識だと思いますが』

「そう言わないでよ。どう見ても20代前半にしか見えないけど、化粧《けしょう》？　整形？　それとも、何か特別な理由があるのかな？」

『答える必要性を感じません』

全く感情が動く様子のない鯨木《くじらぎ》に興味を持ち、臨也《いざや》は別の方向から話を進める事にした。

「OKOK。話題を変えようか。そういえば、チャットで、俺《おれ》のハンドルネームを騙《かた》ったのも貴女《あなた》なんでしょ？　最初は誰かにやらせたと思ってたんだけど、調べたら貴女個人のPDAに繋《つな》がって驚《おどろ》きましたよ」

『素晴《すば》らしい情報蒐集《しゅうしゅう》能力です。ハッキングですか？』

「方法なんてどうでもいいじゃないですか。とにかく、貴女はダラーズの内部に潜《もぐ》り込んだ俺を孤立させる為に、ドタチンの事故で揉《も》めてるネット上に、屍龍《ドラゴンゾンビ》の噂《うわさ》を流して回ったわけだ。十人ぐらいしか見て無い俺のチャットに来たのは、俺への嫌《いや》がらせと、警告って所かな？」

実際、ピンポイントで『甘楽《かんら》』が臨也本人だとバレてなりすまされた時は驚いたが、特に深く隠《かく》していたわけでもなく、波江《なみえ》や妹達ですら知っている事実なので特に気にはしなかった。

それこそ、波江から聞き出した可能性もあると思い、話を進める臨也。

「ところで……、俺のチャットで俺を騙ったのはいいとして、なんで語尾に『ニャ』なの？　嫌《いや》がらせ？」

彼としては、鯨木という個人に対して一番興味のある問いだった。

折原臨也の中で、波江の安否以上に気にしていた疑問に対し——鯨木は堂々と、やはり感情の無い声で言い切った。

『可愛《かわい》かったでしょう』

「……今、君という人間を測りかねてる」

全く照れる様子もなく、淡々《たんたん》と放たれた一言に、臨也は必死に笑いを堪《こら》える。

腹筋《ふっきん》を痙攣《けいれん》させながら、震《ふる》えるような声で更《さら》に問う。

「なになに？　趣味？　あれは俺をからかったとかじゃなくて、純粋に甘楽を可愛い女の子っぽくしようとしてやったの？　もしかして鯨木さんって、休みの日は一人で鏡の前に立って、ネコミミと尻尾《しっぽ》つけてポーズとりながら『ニャン☆』とか言ったりしてるのかニャン？」

あからさまな挑発《ちょうはつ》の言葉。

だが、暫《しばら》く考え込むような間が空いた後――

機械的な声のまま、鯨木はあくまでも淡々とした調子で答えた。

『悪くありませんね。試してみます』

「勘弁《かんべん》してよ。腹筋が千切《ちぎ》れそうだ」

臨也にとってもあまりにも予想外だった鯨木の一面に、彼は一瞬《いっしゅん》、行方《ゆくえ》知れずとなっている波江の事を完全に忘れかけたのだが――あと一歩の所で理性を取り戻し、大きく深呼吸をしてから改めて問い質《ただ》す。

「で、波江さんの居場所を言う気にはなりませんか」

『必要性を感じません。それを聞くために、何件自動車事故を起こさせたのですか？』

「必要があれば、これからも何件だって起こすよ？　贄川《にえかわ》さんに斬《き》らせたのは、俺《おれ》と敵対してるチンピラ連中だから心もそんなに痛まない。人間を愛してる俺としては、勝手に操《あやつ》られて人身事故の犯人《はんにん》にされる人達の苦悩すら愛《いと》おしくて仕方ないんだ」

最悪の事を呟《つぶや》く臨也《いざや》は、鯨木《くじらぎ》の答えを待たずに朗々《ろうろう》と語り続けた。

「正直、波江《なみえ》さんがいないとデータ整理の手間が凄《すご》くかかるんだ。それに、プライドの高い彼女が、普段自分が毛嫌《けぎら》いしてる俺なんかに助けられた瞬間《しゅんかん》、どんな顔をするのか興味がある」

『趣味が良いとは言えませんね』

「人身《じんしん》売買から化物《ばけもの》売買までやってる貴女《あなた》に言われるとは思いませんでしたよ。しかし、皮肉な話ですよね。貴女が岸谷森厳《きしたにしんげん》に売った罪歌《さいか》が、巡《めぐ》り巡って今や貴女の敵になるなんて」

最大限の皮肉を告げつつ、屋上に置かれた簡易《かんい》テーブルの上でノートパソコンを開き、別の作業を始める臨也。贄川春奈《はるな》にスカイプチャットで指示を出し、罪歌の支配下にあるチンピラ達を集結させ、鯨木を拉致《らち》させる指示を出そうとする。

「すいませんね、ダラーズの行く末をじっくりと観察するには、貴方達《あなた》は邪魔《じゃま》なんですよ」

『確かに、私にとっても、商品を入荷する為には、貴方と平和島静雄は邪魔、、、、でした』

「……？」

突然仇敵《とつぜんきゆうてき》の名が出た事に、臨也の手がピタリと止まる。

『だからこそ、貴方が平和島静雄を陥れて警察内部に連れ込んだ事は、御礼を言わなければなりませんね。感謝します』

「なんで……君がシズちゃんを邪魔に思うのかな？」

妙《みょう》な違和感を覚え、臨也は慎重《しんちょう》に相手の様子を窺《うかが》った。

『平和島静雄《へいわじましずお》のような人間がうろうろしていると、『子供達』の気が散るんですよ。贄川春奈の『子』達は、彼を諦《あきら》めたようですが』

「……」

黙《だま》り込む臨也に、鯨木は一人、ひっそりと語り続ける。

『罪歌は、20年前に私の手元にあった。それが全《すべ》てです。私が、何故《なぜ》あれほどの刀を簡単に手放したか解《わか》りますか？』

「何か、持ち主にしか知らない、切り札があるという事かな？」

『恐《おそ》らく、今の持ち主も知らないでしょうが……罪歌の増殖は、人間を斬りつけて子、孫《まご》を増やす他《ほか》に、もう一つ方法が存在します。私は単に、【腑分《ふわ》け】と呼んでいますが』

腑分け。

その意味を考え、臨也の中に警報音が鳴り響《ひび》いた。

同時に彼は、あらゆる可能性を考え、背後を振り返る。

しかし——遅かった。

『罪歌《さいか》を自ら叩《たた》き折り、その破片を刀として打ち直す、それだけの事ですよ』

彼女の声が聞こえるのと同時に、臨也《いざや》の目に入ってきたのは、自分の背後を見張らせていた巨漢《きよかん》が、足の怪我《けが》を全く感じさせない速度でこちらに跳躍《ちようやく》する姿だった。

それがスローンだと確認するよりも早く、臨也は一つの事実に気が付いた。

赤。

充血により赤く染め上げられた目が、自分に迫り来る事に。

臨也の全身の筋肉《きんにく》が稼働《かどう》を開始するよりも0・5秒早く、目を赤く染めたスローンが、臨也の首筋《くびすじ》を摑《つか》みあげ——

そのまま、臨也の背を勢い良くコンクリ製の屋上に叩《たた》きつけた。

♂♀

地下駐車場《ちゅうしゃじょう》

『母よ……臨也《いざや》は捕《と》らえました。どうしますか？』

激しい物音がした数秒後——携帯電話から、臨也とは別の声が聞こえてくる。

「十二番の事務所まで連れてきて下さい。デュラハンの首について問う必要があります」

『解《わか》りました』

答えを確認してから、鯨木《くじらぎ》は通話を切《き》って携帯電話を折りたたむ。

そして、澱切《よどぎり》の秘書だった時は、決して無駄《むだ》な言葉を口にしなかった彼女が、僅《わず》かに声に感情を含ませながら独り言を呟《つぶや》いた。

「ありがとうございます。折原《おりはら》臨也様。澱切陣内《じんない》という組織を壊《こわ》してくれた事に、私は感謝しています」

倒れ伏す老人を無視し、女性用の革靴《かわぐつ》をカツリカツリと鳴らしながら駐車場《ちゅうしゃじょう》の外に向かう。

自分が運転していた高級車すら無視し、彼女は自分の足でゆっくりと歩み続ける。

「貴方《あなた》を、明確に池袋《いけぶくろ》の街における【障壁《しようへき》】と認めます。粟楠道元《あわくすどうげん》と九十九屋真一《つくもやしんいち》に続き、三人目ですが」

澱切陣内という殻《から》、つまりは同じ日常の繰《く》り返しという『不自由』から解放された彼女は——その殻を粉々に壊した男に、心から感謝した。

駐車場から出ると、鋭《するど》い日光が彼女の肌《はだ》を突《つ》き刺《さ》してくる。

肌《はだ》に鋭いひりつきを覚えつつも、鯨木は充血ではなく、純粋に赤く光る眼《め》を細め——嬉《うれ》しそうに、楽しそうに、心の底から愉悦《ゆえつ》に満ちた微笑を貼《は》り付けた。

「自由に、感謝を」

チャットルーム

チャットルームには誰もいません。
チャットルームには誰もいません。

・
・
参さんが入室されました。
狂さんが入室されました。

狂【一昨日《おととい》は賑《にぎ》わっていたというのに、今日《きょう》は随分《ずいぶん》と人がいないんですのね】
狂【せっかく、夕べの甘楽《かんら》さんのネコ被《かぶ》りというかネコ撫《な》で声というか、とにもかくにもネコネコしい語尾について、二十ほどの考察を述べようと考えておりましたのに】
参【誰もいないですね】
狂【一過性の寂《さび》しさだと良いのですが、このチャットルーム、街で何か妙《みよう》な事件が起こると、途端《とたん》に人が減ったりする事があるように思えるのですが、もしや何か街の裏側《うらがわ》に関わる人が大

量に出入りしている伏魔殿《ふくまでん》なのではないかしら?】
参【怖《こわ》いです】
狂【寂しいのは嫌《きら》いなので、せめて甘楽さんだけでも早く戻る事を期待致しましょうか。もし私の推測が正しいなら、街に平和が戻れば、このチャットにも活気が出るという事なのですからね。私も池袋《いけぶくろ》の住人として、その日が来る事を切《せつ》に願うと致しましょう】
参【寂しいのは、嫌いです】
参【楽しくなーれ】

狂さんが退室されました。
参さんが退室されました。

チャットルームには誰もいません。
チャットルームには誰もいません。

・
・

Ryohgo Narita

接続章 烏合の衆

夕刻　川越《かわごえ》街道某所《ぼうしょ》　新羅《しんら》のマンション

──どうしたものかな。

──結局、帝人《みかど》君を説得できなかった。

──だって実際、あれ以上踏《ふ》み込むなら私より杏里《あんり》ちゃんか紀田《きだ》君じゃないと……。

──何百年も生きてて、子供一人説得できないとは情けない。

自分に首が在《あ》れば何度溜息《ためいき》を吐《は》き出した事だろうと考えてしまった結果、セルティは『首』について思い出し、更《さら》に憂鬱《ゆううつ》な気分になった。

──私自身の事でも手一杯《ていっぱい》なのに……。

自分の首を、よりによって臨也《いざや》が持っていると解《わか》ってからまだ数日しか経《た》っておらず、心の整理も全くついていない状態だ。立て続けに様々な案件が舞い込んだのをいい事に、多忙《たぼう》さを理由にして忘れるふりをしていたに過ぎない。

——ああ、新羅《しんら》に頼り過ぎたらいけないというのは解《わか》るけど……。

——今はとにかく、新羅に早く逢《あ》いたい。

——二人きりで新羅と愛し合えば、それで全《すべ》てが解決する気がする。

勿論錯覚《もちろんさっかく》に過ぎないのだが、憔悴《しょうすい》したセルティの心の中で、新羅が最大の癒《いや》しとなっているのは確かだった。

慰《なぐさ》めようとしたのか、地下駐車場《ちゅうしゃじょう》ではシューターまでもが首を擦《す》りよせて来た事を考えると、新羅には今の自分の落ち込みなど簡単にバレてしまうだろう。

——それでもいい、新羅に慰めてもらいたい。

——いや、駄目《だめ》だ駄目だ！　今、怪我《けが》をして辛《つら》いのは新羅の方なんだぞ！

——こんな時だけ甘《あま》えようなんて、そんなズルイ事じゃあ駄目だ……。

ヘルメットを両手でペシリと叩《たた》き、気合いを入れ直して部屋に向かうセルティ。

すると——階段を上りきった所で、エレベーターから降りてきた人間と鉢合《はちあ》わせた。

「あらら。セルティさん、ご帰宅でございますですか？」

『あ、エミリアさん。こんにちは』

そこに居たのは、新羅の義母であるエミリアだった。

セルティがいない間に新羅の世話などを頼む事もあり、最近は割と頻繁《ひんぱん》に出入りしている。

最初は新羅の世話をするエミリアに嫉妬《しっと》を覚えたりもしたが、話す事と言えば森厳《しんげん》との惚気《のろけ》話ばかりなので、いつしかそんな気持ちも失《う》せ、新しい家族としての関係を築きつつある。

もっとも、エミリアは料理の腕前《うでまえ》が壊滅《かいめつ》的に下手《へた》な為、殆《ほとん》どはエミリアの買って来た食材でセルティがなんとか食べられる物を作る、という形になるのだが。

今も、こうして新羅の食事の買い出しに行ってくれたのだろう。

ありがたい事だと思いつつエミリアの手元を見て——セルティは、ヘルメットを傾《かし》げた。

両手に下げられたスーパーの袋《ふくろ》を見るに、いつもの数倍の食材が買われているように思われたからだ。

『なんでこんなにたくさん？』

すると、エミリアは天真爛漫《てんしんらんまん》な笑顔を浮かべ、大きな胸をズイ、と張って答える。

「今日《きょう》はみんなでパーティー曜日なのでございますです！　私、全力で頑張《がんば》る事この上なしです、拝見《はいけん》していってください！」

『は、はあ』

——？

一体何事かと思い、セルティは慌《あわ》てて玄関《げんかん》の扉《とびら》を開けた。

すると——そこには無数の靴《くつ》が脱《ぬ》ぎ揃《そろ》えられており、部屋の奥からドヤドヤと集団の喧噪《けんそう》が聞こえてくるではないか。

——え？　何？　どういう事⁉

様々な悩みが一時的に棚上《たなあ》げされ、セルティは慌《あわ》てて部屋の中に駆《か》け込んだ。

すると、新羅《しんら》の寝ている和室にいた面々《めんめん》が、一斉《いっせい》に彼女に対して顔を向けた——

「やあやあ、セルティさん、お久しぶりっす！」

「ちーす」

——ゆ、遊馬崎《ゆまさき》⁉　それと、えーと、運転手の人！

「……こんにちは」

「あ、セルティさん！　おひさです！　っていっても、こないだ会ったばかりですよね！　誠《せい》二《じ》とは毎日会ってるから、つい他《ほか》の人とは暫《しば》く会ってないって思っちゃうんです！」

——矢霧誠二《やぎりせいじ》君に、張間美香《はりまみか》ちゃん⁉

「やあセルティ君。元気にしていたかね？」

——新羅の親父《おやじ》！　よくもヌケヌケと⁉

「初めまして。エゴールと言います」

——誰⁉

「セルティ！　お帰り！　いやあ、寂《さび》しかったよ！　周りに人が大勢いると、なんかボッチ感が酷《ひど》いっていうか、やっぱりセルティが一番さ！」

『待ってくれ新羅！　これは一体、どういう事なんだ!?　なんでみんながうちに!?』

怪我《けが》の痛みを押して起き上がろうとする新羅を布団に押さえ付けつつ、

「いやあ、それがね？　義母《かあ》さんに掃除《そうじ》してもらってたら、最初は遊馬崎君が来て、『ここを秘密基地にしませんか！　カッコイイっすよ？』って言ってさ、わけが解《わか》らないからとりあえず話を聞かせてもらってたらね、次は誠二くんと張間さんが来て、『匿《かくま》って欲しい』っていうじゃない？」

『……それで』

「で、わけが解らないから、どういう事かって話を聞いてたら、父《とう》さんとエゴールさんが来て、わけが解らないうちに、エミリアさんが料理を作るとか今夜はパジャマパーティーだとか張り切っちゃって、で、父さん達に話を聞いてる間にセルティが帰ってきた感じ」

『何が何だか解らない！』

混乱してヘルメットを抱《かか》えるセルティを見て、誠二が一言呟《つぶや》いた。

「あの、迷惑《めいわく》なら、俺《おれ》、やっぱり別の場所を探しますけど」

『誠二君』

セルティは混乱に次ぐ混乱にふらつきつつ、よろよろと誠二《せいじ》の肩《かた》に手を置いた。

『君が一番冷静に話ができそうだ。まず、君と美香《みか》ちゃんがどうしてここにいるのか、そこから教えてくれないか?』

「はい、それは……」

淡々《たんたん》とした調子で誠二が口を開き、セルティはやっと落ち着いて話が聞けそうだと思った瞬《しゅん》間《かん》――

和室の障子《しょうじ》がパン、と開き、鬼《おに》のような形相《ぎょうそう》をした女が、憎《にく》しみを全く隠《かく》さず怒号《どごう》をあげた。

「誠二からその汚《きたな》い手を離しなさい!　この雌豚《めすぶた》!」

――え?

刹那《せつな》――混乱というよりも、セルティは自分の心が一瞬《いっしゅん》真っ白になるのを感じていた。

心ここに在《あ》らず、というより、まるで、幽体離脱《ゆうたいりだつ》したかのように、自分と周囲を観察している自分がいる事に気が付いた。

そして、彼女はハッキリと確認する。

障子の奥から現れた女性が――矢霧《やぎり》誠二の姉であり、セルティの『首』を持ち逃げした犯人でもある、矢霧波江《なみえ》であるという事を。

――えええええええッッ⁉

――ちょッ、まッ……。

――なんでッ！　なんでこの女がッ！　ここにッ⁉

――えええええええええええッ⁉

『tyふぁぎゅそdgkぽこぽ@』

あまりと言えばあまりの人物の登場に、セルティはPDAの上で指と『影』をバラバラに震《ふる》わせてしまい、結果、意味の無い文字列《れつ》が画面上に踊《おど》り続けた。

「あーあ、セルティが落ち着くまでは出てこないでって言ったのに……」

隕石《いんせき》の中から宇宙人が飛び出してくる映像を見た時と同じぐらい取り乱しているセルティを見て、新羅《しんら》は布団の中で深い溜息《ためいき》を吐《は》き出した。

――しかし、妙《みょう》な事になったなあ。

部屋に集まる混沌《こんとん》とした集団を見て、新羅は今後の事に思いを巡《めぐ》らせる。

――何かが、起きてる。

――この池袋《いけぶくろ》の街で確実に何かが起きてるのは解《わか》るし、その中心にあるのは、恐《おそ》らくダラーズと……セルティだ。

――嫌《いや》な流れだ。

愛する者が何かに巻き込まれている。

それなのに歩く事すらままならない自分の状態が歯痒《はがゆ》くて仕方なかった。

だが、ここでただ自分の運命を嘆《なげ》いて終わるほど、新羅《しんら》のセルティに対する愛は薄《うす》くはない。


——その流れを……ねじ伏せる。

強い決意を込め、新羅は静かに目を閉じる
——僕《ぼく》達がその流れに食い込む為には、何かきっかけが必要かもしれない。

——それも、一つじゃ駄目《だめ》だ。

——ダラーズ周りの嫌《いや》な流れを纏《まと》めて動かす、いくつかのきっかけが。

——いいきっかけだろうと悪いきっかけだろうと、状況を変える、大きな力の流れが……。

波江《なみえ》とセルティを中心とする周囲の騒動《そうどう》が、新羅の鼓膜《こまく》を震《ふる》わせる。

そんな声を聞きながら、新羅は意識の奥深い所で、已《おのれ》の心の中の何かを鋭《するど》く尖《とが》らせた。

——あとは、そのチャンスを逃《のが》さず、ここにいる全員で……

——この状況を笑ってる誰かの掌《てのひら》に、必ず爪《つめ》を突《つ》き立ててやるさ。

——……必ずね。

それが、果たして新羅の望む『きっかけ』なのかは解《わか》らない。

だが、新羅の与《あずか》り知らぬ所で、いくつかの不確定要素が蠢《うごめ》いているのは事実だった。

♂♀

都内某所《ぼうしょ》

「で、その京平《きょうへい》ってガキを撥《は》ねた野郎《やろう》は、まだ誰なのか分かってねぇのか？」

豪奢《ごうしゃ》なソファに座る大柄《おおがら》な男が、部屋の入口近くで直立している男に声をかけた。

「はい。警察はどうか解りませんが、街の噂《うわさ》レベルじゃ、屍龍《ドラゴンゾンビ》がやったんじゃないかって根拠《こんきょ》のない噂が出てるぐらいです」

そう答えたのは——敬語というものが全く似合わない外観の男——泉井蘭《いずみいらん》だった。

彼は普段の猫背《ねこぜ》気味な姿勢とは正反対に、背筋《せすじ》をピンと伸《の》ばしながら、ソファに座る男の話を聞き続ける。

「四木《しき》の野郎は、スローンが臨也《いざや》って野郎の鎖《くさり》になると思ってんだろうが……。俺《おれ》は、あんな野郎は信用してねえ。解るな、泉井。まあ、手前《てめえ》に期待してるわけでもねえがな」

「はい」

「あの情報屋の小僧《こぞう》や手前《てめえ》の弟が何を企《たくら》んでるかは知らねえが、ダラーズってのは、いいシノギの匂いがするんでな。どう転ぼうが、最後は粟楠会《あわくす》が頂くまでだ」

大柄《おおがら》な男——青崎《あおざき》は、筋肉《きんにく》の鎧《よろい》を纏《まと》った全身をゆっくりと蠢《うごめ》かせ、嗤《わら》う。

「そんな美味《うま》い話……わざわざ赤林《あかばやし》の奴《やつ》にくれてやる事ぁねえやな」

♂♀

半日前　深夜　警察署内　取調室《とりしらべしつ》

「だから、知りませんよ。そんな女」

バーテン服の男の言葉に、スーツ姿の刑事《けいじ》が、テレビドラマのように机をバンと叩《たた》く。

「ウソをつけ！　お前は3日前の午後、この女の両手を叩き潰《つぶ》した。そうだな！」

「なんで俺《おれ》がそんなマネする必要あるんですか」

——ああ、取調室って、ドラマと違って電気スタンドはないんだな。

そんなどうでもいい事を考え、必死に気を逸《そ》らせる静雄《しずお》。

なんとか苛立《いらだ》ちを抑《おさ》えて冷静を装うが、彼の心中《しんちゅう》が沸騰《ふっとう》寸前である事は確かだった。

「虚偽《きょぎ》告訴罪だかなんだかってやつでしょ。その訴えた女ってのをよく調べた方がいいですよ」

静雄の主張は、一貫してその繰《く》り返しだった。

虚偽告訴罪という単語を覚えたのは、以前臨也《いざや》に嵌《は》められた後、現在の会社の社長等に聞いて覚えた単語である。

静雄の口から出てきたその言葉に、スーツ姿の刑事《けいじ》が嫌《いや》らしい笑みを浮かべながら続けた。

「チンピラのクセにいっぱしに虚偽告訴罪だぁ？　インテリ気取った所で、化けの皮なんざすぐに剝《は》がれんだぞ？　あ？」

普段の静雄がこんな口の聞き方をされたら、とっくに怒りが頂点に達して暴れ始めている所なのだが——警察に連れられていく前、社長に『明日《あした》中には弁護士を手配するから、それまで絶対に暴れるなよ』と言い含められていた事と、トムから『お前が警察署を破壊《はかい》でもしてみろ、芸能人の弟にもとばっちり行くんだからな。キレそうになったら、弟の顔を思い浮かべろ』と助言されていたので、かろうじて怒りを臍《へそ》の奥に溜《た》め込む事に成功していた。

しかし、警察の取り調べは、妙《みょう》に不自然だった。

一方的に犯人《はんにん》扱いするのならばまだ解《わか》るのだが、まるで、わざと静雄を怒らせたがっているかのように、事件とは関係の無い暴言を繰り返したり、あるいは無言のまま一時間も静雄を無視し続けるという事を繰り返していた。手を出させて別の罪で逮捕《たいほ》し、警察署から出させない事

れられるハメになっているのだろうか？

　そもそも、刑事《けいじ》達はこのまま静雄《しずお》を留置所《りゅうちじょ》に入れるなどと脅《おど》しているが、それも妙《みょう》な話だ。逮捕《たいほ》されたわけでもない、ただの任意同行の事情 聴取《ちょうしゅ》の筈《はず》だったのに、どうして留置所に入れられるハメになっているのだろうか？

　痴漢《ちかん》容疑の場合、駅舎《えきしや》や警察署まで同行した時点で、いつの間にか『駅員の現行犯《はん》逮捕から、警察への引き渡し』という形にされて拘留《こうりゅう》されるというケースを聞いた事がある。もしや、似たような状況なのではと疑いつつも、とりあえずは弟の幽《かすか》の為を思って我慢《がまん》を続ける事にした。

　改めて写真を見るが、なんど見ても見覚えの無い女だ。

　化粧《けしょう》っ気《け》が濃《こ》いが綺麗《きれい》な顔をしている。警察が言うには、静雄が潰《つぶ》れたバーの中に彼女を連れ込み、両手を叩《たた》き折って暴行しようとしたというのだが、事件が起こったという時は、とっくに家に帰って寝ている時間だ。だが、一人暮らしの彼にはアリバイを証明しようもない。

　堂々巡《めぐ》りが暫《しばら》く続いた所で、刑事が声の質を変えて問い質《ただ》す。

「お前、弟が芸能人なんだってなぁ？」

「……幽は関係ねえだろ」

　こめかみの辺りの血管が蠢《うごめ》くのを感じつつ、静雄は僅《わず》かに目を細めた。

「ああ、関係ない。ところで、最近は芸能人が麻薬で捕《つか》まるなんて話は良く聞くなぁ？」

「あぁ？」

「お前が罪を認めないと、弟さんの自宅から白い粉が出る事になるんじゃあないかな」

「……」

ビキリ、と、静雄の中で何かが切れかける音がした。

だが、同時に、異様な違和感に包まれて怒りが抑《おさ》え込まれたのも確かだ。

度を超してストレートな挑発《ちょうはつ》が、逆に静雄を冷静にさせたのである。

――つーか、逆になんか笑えてきたぞオイ。

――ここまで露骨《ろこつ》って、なんかおかしいだろ。

「……なんでだ？　俺《おれ》、なんかあんたらに恨《うら》まれる事でもしたか？」

もしかしたら、数年前に逮捕されたとき、静雄がパトカーに向かって投げつけた自販機で怪《け》我《が》でもしたのではないだろうか。しかし、警察の汚職などがニュースで取りざたされる事もあるが、ここまでストレートな嫌《いや》がらせをするものだろうか？

訝《いぶか》しむ静雄に顔を寄せ、スーツ姿の刑事が小声で言う。

「恨みなんかないさ。ただ、お前には、暫く池袋の街に出てきて貰っ、ちゃ、、、、、、、、困るんだよ」

「……!?」

――まさか、あのノミ蟲《むし》に金でも貰《もら》ってやがんのか!?

嫌な男の顔が思い浮かび、思わず刑事を睨《にら》み返した静雄だが――

「……ん？」

彼は、そこで気付く。

男の目が、少し異様と思える程、赤く充血しているという事に。

そして、静雄は——その目に嫌と言うほど見覚えがあった。

慌《あわ》てて視線を横に向け、聴取《ちょうしゅ》の内容を書き留めている別の警官に目を向けると——その男も、目が異様に充血しており、

「手前《てめえ》ら……あの、なんたらとかいう刀の……」

「おや？　バレちまったか？」

静雄《しずお》の言葉に、刑事《けいじ》と警官の顔が小さく歪《ゆが》む。

「まあ、正確には、『親』が違うんだがな」

「？」

「ともかく、どうこう言おうが関係ない。お前が罪を認めないなら、ここで俺《おれ》とそこの警官で殴《なぐ》り合って、『お前にやられた』って口裏《くちうら》ぁ合わせる事もできるんだからなぁ」

二人そろって下卑《げび》た笑みを浮かべる取調官達だったが——

笑みを浮かべたのは、静雄も一緒《いっしょ》だった。

「そうか……なら、いいよな」

「あぁ？」

「俺は、ガキの頃から少年課のオッサンによく世話になってよ……そのオッサンが定年で辞《や》め

た後も、警察にゃ、一定の敬意は払《はら》ってたんだが……」

静雄が手を置いた机から、ミシリ、と、何かが歪《ゆが》む音が迸《ほとばし》った。

「警察じゃなくて、中身が手前らなら、もう我慢《がまん》する必要はねえ……って事だよなぁあ！」

次の瞬間《しゅんかん》——取調室の中に、激しい衝突音《しょうとつ》が響《ひび》き渡る。

だが、それは静雄が机を投げる音でも、刑事を殴《なぐ》る音でも無かった。

それは取調室の扉《とびら》を蹴破《けやぶ》る音であり、室内に一人の男が入ってくる。

「邪魔《じゃま》するぜ」

場違いも甚《はなは》だしい格好。

取調室に、交通機動隊の制服を着た男——早い話、白バイ警官が乗り込んできたのだ。

「お、おい！　なんのつもりだ！　交機がこんなとこに制服で何の用……」

止めようとする刑事をグイ、と押しのけ、面喰《めんく》らっている静雄に顔を近づける白バイ隊員。

「おう、お前、あの首無しライダーの友達なんだってな」

「……だったら、どうだってんだよ」

目を丸くしながら聞き返す静雄に、白バイ警官は力強い言葉を投げかけた。

「今度あいつに会ったら、『お前は良くても、周りの車が危《あぶ》ねえからライトを付けろ』ってきっ

ちり言っとけ。ナンバーと免許については、俺《おれ》がとっつかまえて直々《じきじき》に絞《しぼ》ってやるから、まずはそれだけ、お前の口からも言ってやってくれや」

「……」

「話はそれだけだ。じゃあな」

あまりにも一方的な会話に、静雄《しずお》は怒る暇《いとま》すらなく呆然《ぼうぜん》としている。

取調官達も顔を見合わせていたが、その内の一人が目を赤く染めたまま、なんのつもりかと白バイ隊員を問い詰《つ》めようと近づいた。

と、次の瞬間《しゅんかん》、二度目の衝撃音《しょうげき》が取調室内に鳴り響《ひび》いた。

白バイ隊員が、スレ違いざまに右手で刑事《けいじ》の喉《のど》を掴《つか》み上げ、プロレスラーのラリアットさながらの勢いで取調室の壁に叩《たた》きつけたのである。

「がッ……あ……」

白バイ隊員の右手により、壁に釣《つ》り下げられる状態となる刑事。白バイ隊員は、そんな相手にサングラスの奥から鋭《するど》い眼光を浴びせかけた。

「……下らねぇマネすんじゃねぇよ、手前《てめえ》ら」

そのまま刑事を床《ゆか》に投げ捨て、部屋の外に足を向ける。

「取調室の外にまで聞こえてきたようなマネを本当にやってみろ、コネなんざ使いたくねぇが、俺の知り合いの監察官《かんさつ》が手前らに挨拶《あいさつ》に来る事になるぞ」

話を聞かれていたという負い目からか、あるいは『監察官《かんさつ》』という単語に怯《おび》えたのか、刑事《けいじ》達はそれ以上白バイ隊員を引き留《と》めようとはせず、歯軋《はぎし》りをしながらその背中を見送った。

そして、静雄《しずお》はそんな光景を見て、「ハハッ」と小さな笑い声を漏《も》らす。

「何がおかしい」

「なんだよ。まともな警官もいるじゃねえか。危ねえ危ねえ。俺《おれ》はまた、警察が全部手前らになってるのかと思ったぜ」

心の底から安堵《あんど》したという調子で息を吐《は》き出した後、強い意志の籠《こ》もった目で呟《つぶや》いた。

「白バイのオッサンに感謝しろよ、手前ら《てめえ》」

「なんだと……？」

「あのオッサンのお陰で、手前らは命拾いしたんだぜ？」

口ではそう言いながら、静雄自身も、今の白バイ隊員に感謝していた。

取調室の中の光景だけで、警察は全《すべ》て敵と錯覚《さっかく》しかけたが、信じるに足る警官は、ちゃんと存在している。その事実だけで、静雄はまだ、自分の怒りを耐える努力を続けようという気になったからだ。

「さて……続きをやろうじゃねえか。面白《おもしろ》ぇ。こうなったら、とことん絶《た》えきってやるよ」

「クッ……」

こうして、静雄の戦いが始まった。

敵は、自分自身の怒り。

湧《わ》き上がる衝動《しょうどう》にどこまで耐える事ができるのか。平和島静雄《へいわじましずお》は、以前に罪歌《さいか》と戦った時とは逆の、彼にとって地獄《じごく》とも言える過酷《かこく》な戦いに挑《いど》む覚悟《かくご》を決めたのだ。

「無事にここを出て……手前らの『親』とやらに、きっちり挨拶《あいさつ》しておきてぇからなぁ？」

♂♀

昼　来良《らいら》総合病院

平和島静雄と葛原金之助《くずはらきんのすけ》が顔を合わせてから半日後。セルティ・ストゥルルソンが竜ヶ峰帝人《りゅうがみねみかど》と二人きりで話している頃――

園原杏里《そのはらあんり》は、三日連続で門田《かどた》の居る病院に足を運んでいた。

一日目と二日目は、純粋に門田の事が心配だという事と、他《ほか》に行く当《あ》てがないという事もあったのだが――

今日《きょう》は寧《むし》ろ、狩沢《かりさわ》に目的があってやってきたのだ。

「もー、絶対待ち合わせ場所わかってないよー」

「なんでまだ来ないわけぇ？　チャケバ《ぶっちゃけた話》ぁ、マジダウる《本当にテンション下がる》んですけど」

「病院では静かにしなさい」「アハハハ」

杏里《あんり》が病院の前につくと、十人十《じゅうにんと》色《いろ》、様々な個性を持つ女性達が正門に立っていた。

恐《おそ》らくは友人との待ち合わせでもしているのだろう。姦《かしま》しく話す同年代の少女達を見て、杏里は少しだけ羨《うらや》ましく思う。

——昔は、こんな感情、張間《はりま》さんぐらいにしか想《おも》ったこと無かったのに。

高校に入ってから起きた様々な事を契機《けいき》に、自分の中で何かが変わっているのは解《わか》る。

それが自覚できるからこそ、杏里は強くならねばならないと想い続けていたのだ。

罪歌《さいか》とどうやって共存《きょうそん》していくか悩む中、友達同士で楽しく話す少女達を見ると、最近は本当に辛《つら》く感じる。

同じ物を自分が手に入れかけて、また、離れて行こうとしているからかもしれない。

杏里はそう想っていた。

張間美香《みか》は矢霧誠二《やぎりせいじ》と結ばれる事によって疎遠《そえん》となり、正臣《まさおみ》は姿を消したまま、帝人《みかど》までがどこか遠くに感じられる。

罪歌の声は、そんな杏里を慰《なぐさ》めるように叫《さけ》び続ける。

――『斬《き》ってあげる！　私が何もかも！』
――『あなたの代わりに愛してあげる！』
――『あなたの大事なお友達達も！』
そんな声が、今日《きょう》は一段と強く響《ひび》いていた。
自分でも、理由は解っている。
――贄川《にえかわ》、春奈《はるな》さん。
自分がかつて斬《き》った少女が、ダラーズの中に居るという。
彼女は今、どんな精神状態なのだろうか？
何故《なぜ》、ダラーズに入ったのだろうか？
今でも、あの教師を愛し続けているのだろうか？
もしも、再び罪歌の支配を乗り越え、ダラーズを乗っ取ろうとしていたら？
帝人が、春奈に斬られたとしたら？
――だから、私が先に斬ってあげる！　帝人君を、私だけのものにするの！
「!?」
杏里は、心の中の罪歌の声に珍《めずら》しく驚《おどろ》いた。
一瞬《いっしゅん》、自分自身の心の声であるかのように感じたからだ。
――このままじゃ、いけない。

杏里は夕べから考え続け、やはり全てを自分一人で解決しようとしているから、苦しみが増すのだという結論に辿《たど》り着いた。

だが、悩みを相談できる者も少なく、セルティも多忙《たぼう》だそうで、張間美香《はりまみか》とも夕べから連絡《れんらく》が取れない。

　そこで、杏里は決意をした。

「わあ、杏里ちゃん、今日《きょう》も来てくれたんだ！　えー、やっぱりドタチンに惚《ほ》れちゃってるんじゃないの？　帝人君《みかど》が泣いちゃうよー？」

病院の入口前。自分も辛《つら》い筈《はず》なのに、誰よりも明るい声で気丈《きじょう》に振る舞う、年上の女性。

「手術後の経過もよくってさ、ドタチン、もうすぐ目を醒《さ》ますかもしれないって」

「そうですか……」

杏里は今日、彼女に全てを打ち明け、相談しようとしていたのだ。

門田《かどた》のお見舞いにかこつけて悩みを相談するなど、卑怯《ひきょう》なやり方だと思った。

だが、自分の想《おも》いも止める事はできず、謝りながら声をかける。

「ごめんなさい、狩沢《かりさわ》さん」

「え？　なになに？　なんで謝るの？」

「門田さんが大変な時なのに……私、どうしても、狩沢さんに聞いて欲しい悩みがあって……」

「なーんだ。そんなこと気にしなくていいよ。どーんとお姉《ねえ》さんの胸に飛び込んできなさいってばよ！」

門田の意識が戻りそうという事で機嫌《きげん》がよいのか、それとも単なる強がりか、杏里に対して誇《ほこ》らしげに胸を張る狩沢。

杏里はそんな狩沢の言葉を嬉《うれ》しく思い、思い切って自分の言葉を吐《は》き出した。

「狩沢さんには……私の全てを知って欲しいんです」

だが、それは誤解を招く言葉だった。

「……。……ええッ!?　うそ、これって百合《ゆり》告白!?　いや、私は確かにどっちでもいける口だけど、待って、それってもしかして、帝人君と紀田《きだ》君合わせて禁断の四角関係って事!?　あれ、でも、私が杏里ちゃんとくっついて、帝人君が紀田君とくっつけば問題は無い……？」

腐女子《ふじょし》である狩沢ならではの妄想《もうそう》を吐《は》き出すが、今日はそれを止める遊馬崎《ゆまさき》も門田もいない。

杏里は最初は言葉の意味が解《わか》らず戸惑《とまど》っていたが、理解すると同時に顔を真《ま》っ赤《か》にして首を振った。

「ち、ち、違います！　そういう意味じゃありません！」

「ちぇッ。残念」

一体何が残念なのかと涙目《なみだめ》で問い詰《つ》めようとした杏里だったが——

「おお、いたいたいた！　久しぶりだねー、二人とも」

と、馴《な》れ馴れしい男の声が聞こえ、狩沢《かりさわ》と杏里《あんり》が同時に声の方に振り返った。

するとそこには一人の男が立っており、その周りを、病院の正門前で見た少女達がワラワラと取り巻いている。

「いやあ、門田《かどた》の旦那《だんな》が事故ったって聞いて見舞いに来たんだけどさ、病室ってどこか解《わか》る？　俺《おれ》、旦那の下の名前忘れちまって、受付で怪《あや》しまれちゃってさー」

「ええと……」

杏里は、その男の顔に見覚えがあるような気がするのだが、ハッキリと思い出せずにいた。

「あ、俺のこと忘れちゃった？　悲しいなあ。でもまあ、あの時は俺、顔ボッコボコに腫《は》れてたし包帯《ほうたい》グルグルでミイラ男みたいだったからよ、忘れてくれた方が嬉《うれ》しいっていうか、改めて運命の出会いをやり直すかい？」

軽い調子でペラペラと喋《しゃべ》る男の頭を、周りにいた女子達が無言でポコスカと殴《なぐ》り始める。

「いてテて！　悪い悪い、ナンパはやめるって！」

そして、気を取り直して杏里と狩沢に対して語りかけた。

「ええと、ほら、あれだろ、眼鏡《めがね》の嬢《じょう》ちゃんは、あのヘルメット被《かぶ》ってた女と日本刀《にほんとう》でキャットファイトしてたよな？　で、そっちのお姉《ねえ》さんは門田の旦那の連れだよな？」

そこまで言われて、杏里はハっと相手の正体に気が付いた。

薄手《うすで》の服を何枚か重ね着し、頭の上にはストローハットを載《の》せている。カジュアル系ファッション誌のグラビアから、そのまま抜け出してきたような雰囲気《ふんいき》の男。

「あーっと、確か……」

思い出して名前を言おうとする狩沢よりも先に、男はパチリと指を鳴らしながら、軽い調子で自分の名前を口にした。

「六条千景《ろくじょうちかげ》、よろしく！　女の子は気軽に『ろっちー』って呼んでくれよな！」

六条千景。

埼玉《さいたま》県を根城《ねじろ》にする暴走族『Toラ羅丸《とらまる》』のリーダーである少年だ。

同時に、彼はかつて、竜ケ峰帝人《りゅうがみねみかど》の心を、そのつもりもなく完全に折ったヽヽヽ男でもある。

果たして、彼も新羅《しんら》の望む『きっかけ』の一つなのかどうか。

それは、今の時点では誰にも解《わか》らない事だった。

♂♀

夕刻　都内郊外　廃《はい》ビル2F

六条千景《ろくじょうちかげ》という、大きな因縁《いんねん》のある男が街にやって来たのも知らぬまま、帝人《みかど》はいつも通りのオタオタした表情で、怪我《けが》をして戻って来た青葉《あおば》の仲間達を心配していた。

「本当に大丈夫《だいじょうぶ》？　もしあれなら、病院に行った方が……」

「大丈夫ですよ。この程度の傷、こいつら鈍感《どんかん》だからどうってことありませんよ」

笑いながら紡《つむ》がれた青葉の言葉に、当の怪我人達が怒声《どせい》を上げる。

「なんでお前が偉《えら》そうなんだよ！」「青葉は何もしなかったクセに！」

「はあ？　俺《おれ》が宝城《ほうじょう》を起こさなきゃどうなってたと思う⁉」

一番働いた宝城は現在車の中で爆睡《ばくすい》中なのだが、青葉は彼の手柄《てがら》をまるで自分の事のように言いだし、周囲の仲間達からブーイングを受けている。

「喧嘩《けんか》はやめてぇ！」

あわあわと仲間を止める帝人に、弾劾《だんがい》されていた少年が、笑いながら言った。

「大丈夫ですよ、こんなの悪ふざけですよ。喧嘩のうちに入りませんって」

「そうかなあ。……割と本気で恨《うら》まれてるように見えたけど」

帝人は訝《いぶか》しげに首を傾《かし》げたが、すぐに気を取り直して、青葉に一つ問いかけた。

「それで、僕に会いたい人っていうのは？」

「ええ、今、下にいます」

なんでも、あるダラーズのメンバーが、内部粛清《しゅくせい》をしている青葉達の噂《うわさ》を聞きつけ、『自分もあるコミュニティを持っている。僕《ぼく》達にも協力させて欲しい』と言ってきたらしい。

わざわざ襲撃《しゅうげき》現場を予測して、そこに乗り込む形で現れた青年。

青葉達が帝人に伺《うかが》いを立てた所、とりあえず話だけでも聞こうと、こうして今日《きょう》会う事になったのである。

「おーい、来てもらっていいですかー」

青葉の呼びかけに、一人の青年が階段をゆっくりと上ってきた。

夏だというのに何故《なぜ》か長袖《ながそで》を着ているが、一見すると真面目《まじめ》そうな青年だ。

帝人は自分の事を棚《たな》にあげ、この人が喧嘩などできるのだろうかと思いつつ、僅《わず》かに緊張《きんちょう》しながら挨拶《あいさつ》をした。

「あの、初めまして。竜ケ峰《りゅうがみね》といいます」

ペコリと頭を下げる、明らかに年下の少年に対し——現れた青年は、爽《さわ》やかな笑顔で、帝人に右手を差し出した。

「四十万《しじま》です。宜《よろ》しく」

「あ、は、はい。宜しくお願いします」

慌《あわ》ててその手をとり、帝人《みかど》は青年と柔《やわ》らかい握手《あくしゅ》を交わす。

竜ヶ峰《りゅうがみね》帝人は、知らなかった。
その青年が、つい数日前、自分は負け犬だと受け入れ、全《すべ》てを諦《あきら》めたという事を。
同時に——今は、心の底から次のように思っているという事を。
——『自分一人で負け犬になるのは、嫌《いや》だ』
——『道連れは、多い方がいい』

帝人は青年の腹の内を知らず、当然ながら、青年もまた帝人の腹の内を知らず——

ダラーズを取り巻く大きな流れの中に、また一つ、新たな歪《ゆが》みが加わろうとしていた。


こうして、門田《かどた》を撥《は》ねた者が判明する事もないまま——

街を取り囲む無数の糸車は、どれが最初という事もなく動き始める。

張り巡《めぐ》らされた糸が一体何を紡《つむ》ぎあげるのか、街自身も解《わか》らぬまま——

池袋《いけぶくろ》に吹き始めた風は、ただ、カラカラと糸車を回し続けた。

とめどなく、そして——容赦《ようしゃ》なく。

CAST

竜ヶ峰帝人
紀田正臣
園原杏里

セルティ・ストゥルルソン
岸谷新羅

門田京平

遊馬崎ウォーカー
狩沢絵理華
渡草三郎
筒川アズサ

折原臨也
平和島静雄

黒沼青葉

田中トム
ヴァローナ

矢霧波江
鯨木かさね

澱切陣内

STAFF

イラスト＆デザイン
ヤスダスズヒト

装丁
鎌部善彦

編集
鈴木Sue
和田敦

発行　株式会社アスキー・メディアワークス
発売　株式会社角川グループパブリッシング

『デュラララ!!』×10　完

原作　成田良悟

あとがき

どうも、成田良悟です。

次の段落からの12行は、6月に出した『バッカーノ！1932 Summer』のあとがきにも書いた事なのですが、読者層の皆さんの違いを考えて、同じ内容の事を繰り返させて頂きますが御容赦下さい。

皆さんがこの本を手にとっておられるのがいつなのかは解りません。このあとがきを書いている時点では、日本は復興に向けて歩んでいる最中です。私の住む地域は幸い無事でしたが、親戚や知人、多くの読者の皆さんが被災している中、自分の親戚にさえ、どんな言葉をかければ良いのかも解らない状況です。『がんばれという言葉は望んでいない』と言われる一方で、被災地の読者の方から直接『がんばれという一言が欲しい』という声を頂く事もあり、私自身が用意できる『言葉』について考える日々が続いています。

しかし、このあとがきを読んで頂いているという事は、少なくとも、貴方は小説を一冊読む事のできる『日常の一部』を取り戻しているのではないかと信じています。この本が、少しでも次の何かをたぐり寄せる手助けができれば幸いです。私がいつも目指す小説は、ポップコーン片手に笑ったり手に汗を握ったりして頂けるような娯楽物語です。今はまだ大変な時期かもしれませんが、皆さんがポップコーン片手に何かを楽しめる日常が戻って来た時に、娯楽としての満足して頂ける時間を提供できるような作品を、今後も書き続けられるよう頑張ります。

さて、今回は『デュラララ!!』シリーズの記念すべき十冊目となりました。

前回はセルティの首を出して、「ふう、2巻以降で一番話を進めた巻だったなー」と思っていたら、『帝人達の話を早く見たい』という感想を多く頂きまして、セルティメイン派の私としては寂しさを覚えつつ、今回から一気に帝人周りの話を進めさせて頂きました。他の作品と交代で『デュラララ!!』を書いている状況から、キャラ個別に焦点をあてて一冊ごとに区切りよく進める予定でしたが、どうもそのペースで計算したらあと十冊ぐらいになりそうなので（ぶっちゃけ、渡草やヴァローナ、粟楠会メインでそれぞれ一冊書く予定とかもありました）、冗長になるからそれは止めて、一気にダラーズ編を終わらせる感じで行きたいと思います。

『デュラララ!!×12』ぐらいでダラーズ&罪歌&黄巾賊編を終わらせ、その後は——12巻終了時のセルティの状態次第です。まだそこまで決めてないので、13が出るのかタイトルを変えて新シリーズになるのか、それともそこで完結なのか全く先が読めない状態です。

力量不足なのに話を一気に進める代償として、思い切り『続く!』という感じの区切りで申し訳ないのですが、11巻を待つ間に拙作の他のシリーズなどを御一読頂ければと……（次は『バッカーノ!』の予定ですが、その後は様々な兼ね合いを見て進める感じになると思います）。

アニメのDVD最終刊が出てからもうすぐ半年が経とうとしていますが、ヤスダさんによる『デュララ!!』画集が発売され（講談社さんの画集と同時発売、どちらも素晴らしい画集です!）、「Gファンタジー」さんではいよいよコミック版の『罪歌編』が連載開始となります。更に、PSPのゲームも様々なシナリオが追加されたパワーアップ版が発売となりまして——読者の皆様には、広がり続ける『デュラララ!!』ワールドを原作共々お楽しみ頂ければ幸いです!

※以下は恒例である御礼関係になります。

担当編集の和田《ばびお》さんを始めとする電撃文庫編集部の皆さん。毎度毎度仕事が遅くて御迷惑をおかけしている校閲の皆さん。並びにアスキー・メディアワークス各部署の皆さん。

いつもお世話になっております家族、友人、作家さん並びにイラストレーターの皆さん。

大森監督や茶鳥木さんを始めとする、アニメ、漫画、ゲーム、様々なメディアミックスで御世話になっている皆さん。

6月の画集作業や『デビルサバイバー2』、『夜桜四重奏』の連載等で大変な中、今回も素晴らしいイラストをあげて下さったヤスダスズヒトさん。

そして、この本に目を通して下さったすべての皆様。

——以上の方々に、最大級の感謝を——ありがとうございました!

2011年7月　成田良悟

◉成田良悟著作リスト

「バッカーノ！ The Rolling Bootlegs」（電撃文庫）
「バッカーノ！ 1931 鈍行編 The Grand Punk Reilroad」（同）

「バッカーノ！1931特急編 The Grand Punk Railroad」（同）
「バッカーノ！1932 Drug & The Dominas」（同）
「バッカーノ！2001 The Children Of Bottle」（同）
「バッカーノ！1933〈上〉 THE SLASH～クモリノチアメ～」（同）
「バッカーノ！1933〈下〉 THE SLASH～チノアメハ、ハレ～」（同）
「バッカーノ！1934獄中編 Alice In Jails」（同）
「バッカーノ！1934娑婆編 Alice In Jails」（同）
「バッカーノ！1934完結編 Peter Pan In Chains」（同）
「バッカーノ！1705 THE Ironic Light Orchestra」（同）
「バッカーノ！2002【A side】 Bullet Garden」（同）
「バッカーノ！2002【B side】 Blood Sabbath」（同）
「バッカーノ！1710 Crack Flag」（同）
「バッカーノ！1931臨時急行編 Another Junk Railroad」（同）
「バッカーノ！1932-Summer man in the killer」（同）
「バウワウ！ Two Dog Night」（同）
「Mew Mew！ Crazy Cat's Night」（同）
「がるぐる！〈上〉 Dancing Beast Night」（同）
「がるぐる！〈下〉 Dancing Beast Night」（同）

「5656！ Knights' Strange Night」（同）
「デュラララ!!」（同）
「デュラララ!!×2」（同）
「デュラララ!!×3」（同）
「デュラララ!!×4」（同）
「デュラララ!!×5」（同）
「デュラララ!!×6」（同）
「デュラララ!!×7」（同）
「デュラララ!!×8」（同）
「デュラララ!!×9」（同）
「ヴぁんぷ！」（同）
「ヴぁんぷ！Ⅱ」（同）
「ヴぁんぷ！Ⅲ」（同）
「ヴぁんぷ！Ⅳ」（同）
「ヴぁんぷ！Ⅴ」（同）
「世界の中心、針山さん」（同）
「世界の中心、針山さん②」（同）
「世界の中心、針山さん③」（同）

本書に対するご意見、ご感想をお寄せください。

■

あて先

〒102-8584 東京都千代田区富士見1-8-19
アスキー・メディアワークス電撃文庫編集部
「成田良悟先生」係
「ヤスダスズヒト先生」係

■

電撃文庫

デュラララ!!×10

成田《なりた》良悟《りょうご》

発　行　二〇一一年八月十日　初版発行

発行者　髙野　潔

発行所　株式会社アスキー・メディアワークス
〒一〇二-八五八四　東京都千代田区富士見一-八-一九
電話〇三-五二一六-八三九九（編集）
http://asciimw.jp/

発売元　株式会社角川グループパブリッシング
〒一〇二-八一七七　東京都千代田区富士見二-十三-三
電話〇三-三二三八-八六〇五（営業）

装丁者　荻窪裕司（META+MANIERA）

印刷・製本　加藤製版印刷株式会社

ISBN978-4-04-870729-9 C0193

電撃文庫創刊に際して

文庫は、我が国にとどまらず、世界の書籍の流れのなかで〝小さな巨人〟としての地位を築いてきた。古今東西の名著を、廉価で手に入りやすい形で提供してきたからこそ、人は文庫を自分の師として、また青春の想い出として、語りついできたのである。

その源を、文化的にはドイツのレクラム文庫に求めるにせよ、規模の上でイギリスのペンギンブックスに求めるにせよ、いま文庫は知識人の層の多様化に従って、ますますその意義を大きくしていると言ってよい。

文庫出版の意味するものは、激動の現代のみならず将来にわたって、大きくなることはあっても、小さくなることはないだろう。

「電撃文庫」は、そのように多様化した対象に応え、歴史に耐えうる作品を収録するのはもちろん、新しい世紀を迎えるにあたって、既成の枠をこえる新鮮で強烈なアイ・オープナーたりたい。

その特異さ故に、この存在は、かつて文庫がはじめて出版世界に登場したときと、同じ戸惑いを読書人に与えるかもしれない。

しかし、〈Changing Times,Changing Publishing〉時代は変わって、出版も変わる。時を重ねるなかで、精神の糧として、心の一隅を占めるものとして、次なる文化の担い手の若者たちに確かな評価を得られると信じて、ここに「電撃文庫」を出版する。

1993年6月10日
角川歴彦